推しに
熱愛疑惑
出たから
会社休んだ2

J-POP
夏乃《なつの》雪音《ゆきね》
誰からも愛される、アイドルグループ・
サクラロマンスの現リーダー。

村雨《むらさめ》華《はな》
サクラロマンスの最年少メンバー。クールでストイック。
美依奈に憧れを抱いていたが……？

「なら、私と遊びましょうよ」
「なんでそうなる」
彼氏が、かつてのアイドル仲間と!?

「そうすれば、既成事実が出来ますし。
美依奈さんも呆れて別れたくなりますよ」
この女、何を言い出す。ふざけるんじゃない。
冗談でも言って良いことと悪いことがある。
バレないように少し顔を出して二人を思いきり睨んでいた。
やがてマスターの咳払いで我に返る。
本当だったらあのまま突撃してやりたい気分だったのに。
山元《やまもと》美依奈《みいな》
人気アイドルグループ・サクラロマンスの元メンバー。
桃花愛未改め、本名でアイドル活動を再開した。

「――ギュッてして？」
推しと始める恋人生活。

ハートの波がやって来る。熱とともに。
それはそれは俺の心を奪い去る。
少し落ち着いていた体の中心は、
エンジンを再加速させるみたいに鳴った。
新木《あらき》吾朗《ごろう》
文房具メーカー・彩晴文具の会社員。
桃花愛未と熱愛疑惑写真を撮られた
ことをきっかけに、彼女の人生に
大きく関わるようになり……？

OS AI

OSHI ni NETSUAI GIWAKU
detakara kaisya yasunda

CONTENTS

口絵・本文イラスト：天城しの　デザイン：AFTERGLOW

推しに熱愛疑惑出たから会社休んだ2

カネコ撫子

角川スニーカー文庫

23643

8th

ブルースみたいな恋

あまりにも早い目覚めだった。同時に、ふわりと高揚感が全身を包み込む。あまりにも心地が良い、雲の中から全身が浮き上がってくる。夢の世界から現実に引き戻されるような感覚は、全くなくて。

――私も、あなたが好き。

それでも、この胸の高鳴りは俺の思考を真っ向から否定した。体が熱を帯びていくのは、朝日のせいだと自分に言い聞かせる。

もう心の中に刻まれていた。瞼《まぶた》を閉じようが、呼吸を止めようが、昨日の君は俺の心を占拠している。

マンションの灯《あか》りしかない、薄暗闇の入り口でも分かるぐらいに紅潮する頬《ほお》。風に揺れる綺麗《きれい》な瞳、しなやかな髪。その全てが、たまらなく愛《いと》おしいのだ。

安堵《あんど》に近い表情を見せた君は、こんな俺なんかに似合わないぐらい光り輝いていた。それこそ、ダイヤモンドのように。

OSHI ni NETSUAI GIWAKU detakara kaisya yasunda

「はぁ」

気がつけば一時間近く残業してしまった。ぼんやりしすぎたと自責するが、仕事なんてこれぐらい適当でいいだろうと、もう一人の自分が開き直ってみせる。

会社を出て、最寄り駅まで歩く。そういえば、考えるだけ考えて彼女に連絡をしていなかった。

ポケットからスマートフォンを取り出すと、タイミングを計ったみたいに震えた。画面に表示される名前を見て、思わず「うげ」と声が漏れる。

「……もしもし」

『何よ。まだ何も言ってないじゃない』

宮夏菜子《みやかなこ》の声は、まるで俺の態度を見透かしているようだった。この人は本当にエスパーなのか。いつもそうだ。いつも俺の一歩先を読んでくる。

懸念の一つ、というか、なんとしても理解を得たかった人である。ハートの赴くままに感情を吐き出した俺にとって、今一番話したくなかった人でもある。

釘《くぎ》を刺されていた事実を考えると、俺の行動はまさに正反対で、彼女にとっては最悪の事態であろう。さて、どうやって説明するべきか。

『仕事終わったんでしょ？　お疲れ様』

「あ、あぁお疲れ様です」

何も言っていないが、罵詈雑言《ばりぞうごん》を浴びせられると思っていただけに拍子抜けである。

だがこういう時に限って、思いもよらぬことが起きるものだと、第六感がそう言う。

『ミーナちゃん、体調崩したのよ』

電話越しに聞く声は、言葉の割に落ち着いたモノだった。駅へ向かう人波にのまれるわけにもいかない。俺は壁際に寄って彼女との電話に意識を集中させた。

「体調って……風邪ですか？」

『そうみたい。今日病院に行かせたから、とりあえずは一安心だけど』

「そう、ですか」

言葉に詰まったのは、昨日から続く現実離れ感を受け入れられなかったからだ。

山元美依奈《やまもとみいな》に関する情報が体の中を駆け巡っては、冴《さ》えない思考をいつも以上に薄っぺらくしてくる。それだけ熱を帯びている。

『ずいぶん人ごとなのね』

「えっ、いやそんなことは……！」

そんなつもりは毛頭ない。むしろ心配ですらある。ただ今は、昨日の出来事があって浮き足立っていただけ。言い訳にしかならないが、彼女が心配なのは本心だ。

だが、どうして宮さんが俺に伝えてくるのか。そして、昨日の彼女は至って普通に見えていたが……。もしかして無理をしていたのだろうか。となれば、俺の告白に対する返事も、本心とはかけ離れたモノなのかもしれない。

『あの子からは何も聞いてないんでしょ？』

「え、えぇまぁ……」

いつも以上に歯切れが悪い俺の返答に、彼女はイラつきを隠そうともしなかった。

『あなたに心配かけたくないだけよ。だから私が教えた』

確かに、彼女《美依奈》ならきっとそうする。

だが疑問はそこではない。どうして俺にその事実を教えたのだろうか。宮夏菜子という人間は、俺と山元美依奈の関係を良く思っていない。けれど、最近は宮さんの中でも思うことがあるらしく、態度が変わりつつあるのも事実としてあった。

——山元美依奈とお付き合いすることに。

その一言を言えば、彼女はどんな顔をするだろう。俺をただひたすらに罵るのだろうか。簡単に想像できるが、そうはならない気がする。何の根拠もない。俺の希望でしかない。

「なんで俺に教えてくれるんですか」

『……どうしてそんなことを聞くの？』

「だって、宮さんは——」

思考をそのまま言葉にしようかと、文字のカケラを頭から喉へ落とす。でも、俺が思った通りに口は動かない。返答に時間がかかったせいか、彼女は少しだけ呆《あき》れたようにため息を吐《つ》いた。

『余計なお世話だったかしら』

むしろ教えてくれて感謝したいぐらいだ。小さく咳払《せきばら》いをして「そんなことはない」と返答すると、宮さんは続ける。

『そう。適度な距離感で心配してあげてね』

「わ、分かってますって」

揶揄《からか》ってるのだろうか。それとも、彼女から付き合うことになったのを聞いてるとか。

酒に弱いのと同じで、弱った彼女が漏らすことは十分にあり得る。

――ぎゅってして？

おぉ……最高じゃねえか。紅潮した頬で、俺を見上げてくる彼女。寝巻きは桃色で可愛《かわい》らしく、胸元は少しはだけていたりして。

あぁ心配で会いたくなってきた。

『何ニヤついてるのよ。気持ち悪い』

「に、ニヤついてませんから！」

『どうだか。電話越しでも分かるぐらいよ』

妄想に鋭い釘が飛んでくる。辛うじて避けたが、油断すると本当に刺さるぞ。言葉という名の釘たちが。

本当にこの人は恐ろしい。俺が分かりやすいとしてもまだ、こんなにもタイミング良く見えない顔を見透かしてくる。

逃げるように視線をずらすと、スマートフォンを眺めながら歩く人々。ひどく不思議な気分になった。

この中には、山元美依奈のファンもきっと居る。不特定多数の人間の頭の中にいる彼女。そのたった一人の恋人になってしまった。

地元の友人でもなんでもない。彼女は有名人で、俺が知らない人間とも知り合っている。美依奈の顔を全て知っているかと言われれば、頷《うなず》く自信はない。

スマートフォンを握る手に汗が滲《にじ》む。コイツが熱を帯びているからではない。

俺はビビっているのだ。自身の恋人が有名人であることに。そしてそれが、アイドルとして再起を図ろうとしている相手ということに。

昨日の告白を否定する気はない。ただ、自分が決めた覚悟というのは、思っていた以上に重くて、身近にあるものなのだ。

「……俺、見舞いに行きます」

自然と言葉が出た。この電話で初めて歯切れ良く言ったからか、宮さんは少しだけ驚いていた。

『よく平気で言えるわね』

「別にそういうつもりではないです」

『じゃあなに？』

「……週末お伺いしますから」

会話になっていないのは、俺だって分かっていた。そして、これを言えば彼女は全て察してしまうと。

だから、全力で止められると思っていた。見舞いだって、その先だって。固唾を飲み込んだタイミングで、鼓膜が震えた。

『……そう。分かった』

「何も、言わないんですか」

思わず食い気味に問いかけてしまった。俺が想定していた言葉とは正反対のモノが飛んできたからだ。

人波に向けられていた視線は、すっかり地面に吸い寄せられて、耳から流れる音に意識を集中させる。

『止めて欲しかったかしら』

「そういうわけじゃ」

『なら良いじゃない。あの子、寝てるだろうから電話はしないであげて』

「……はい」

はぐらかされたが、それ以上の追撃は無意味だろう。美依奈のことを出されれば、そっちを心配せざるを得ない。やはりこの人の会話術は、俺の数段上をいく。追いつけそうにない。

『そうそう』

「はい？」

『週末は気持ち整えてきてね。言葉のナイフを刺すから』

「……はい」

笑う場面ではないが、思わずこぼれる感情を誤魔化《ごまか》せなかった。別に嬉《うれ》しいわけではない。ほんの少しだけ前に進めた気がしただけだ。ただ、それだけ。

電話を切ると、時刻は19時半になろうとしている。宮さんの言う通り、風邪の時に電話をするのは悪手だろう。メッセージアプリを開いて、上から3番目の位置にある彼女の名前。

『宮さんから聞いたよ。お見舞いに行くけど、何か欲しいモノある？』

とりあえず送信して、スマートフォンをポケットにしまう。俺の家から歩いて行ける距離なのだ。すぐに返信が来なくても問題ない。それこそ眠っているはずだから。

俺も帰宅してからシャワー浴びて行きたい。仕事終わりだし、何より初めての彼女の家。付き合った翌日は早すぎる気もするが、緊急事態なのだから仕方がない。

駅の改札を抜けようとした時、ポケットの中から振動が伝わってきた。一度ではなく繰り返されている。電話だ。

改札を抜けて、人が居ない場所を見つけて避難する。スマートフォンの画面に表示されたのは、愛《いと》おしい君の名前であった。

「もしもし。大丈夫？」

問いかけると、少し間が空いて返事が来る。

『う、うん。ごめんね心配かけて……』

「そんなことないって。熱は？」

『もう下がったよ。病院で薬もらったから』

「そっか。良かった」

とりあえずは安心だ。電話してくるだけの元気があれば、こっちとしても良い感じに気を抜くことができる。

それはそうと、病院以外で外出していないだろうから、見舞いに行くのは変わらないんだけども。

「欲しいモノある？　買って行くから」

『あ、あの吾朗《ごろう》さん。その件なんだけど……』

さりげない下の名前呼びにドキッとする。

昨日の告白は夢じゃなくて、今この瞬間も現実なのだと改めて実感する。

「どうした？」

『お見舞いは大丈夫だよ。お仕事で疲れてるだろうし……』

そう言ってくると思った。俺に気を遣ってくる性格なのは分かっているつもり。だからこそ、ここで引くわけにはいかない。一人暮らしで体調を崩したときの不安感は独特なモノがある。

本当なら、ここで立ち尽くす時間があれば少しでも早く彼女の元へ行きたい。呼び止めているのが美依奈というのも、不思議な話ではあるが。

「心配ぐらいさせてよ。一人だと不安だろうし」

『それはそう、だけど……。でもやっぱり』

思いのほか食い下がる。付き合った翌日に家へ上がり込むのは確かに気が引ける。けれど、無視する方が心苦しい。さすがに病人相手に手を出したりはしない……つもりではいる。

「すっぴんでも可愛いんだから、気にしないでよ」

冬の日。君にコートを届けたあの日も、似たようなことを言った。

それは美依奈の心を溶かすには、ぬるくて弱い。けれど、コートに包まれる君は誰よりも綺麗《きれい》で、儚《はかな》くて。タバコの匂いが染み付いていないか不安だった俺の、僅かな杞憂《きゆう》すら吹き飛ばしてくれた。

『……あの時よりもひどい顔してるから』

美依奈は恥ずかしさを隠しながらそう言う。あの時というのは、きっと俺と同じ日を思い浮かべているのだろう。確証は一切なかったけれど、本当になんとなく、そう思った。

だが、彼女が言うのはもっともだ。美依奈に限らず、俺だって病気した時は身だしなみなんてどうでも良い。彼女がどんな格好で居ようが失望しないが、俺が美依奈の立場だったら確かに気が引ける。

「それなら家のドアノブに食料とか引っ掛けとくよ。部屋番号教えてくれる？」

うん、それが良い。冷静に考えれば、心配しているようで相手のことをなんにも考えていない。彼女が『来てほしい』と言うのなら喜んで行くが、そうでもないし。

『……ばか』

「なぜ暴言？」

『そこは強引に……その……寂しいし』

「お、おう……」

接してみて分かったが、山元美依奈という子はひどく面倒な性格をしている。もちろん分かった上で惚《ほ》れちゃったんだが、桃花愛未《ももはなまなみ》を見てきた俺にとって破壊力抜群なギャップでもあった。

部屋番号と欲しいものを聞いて、電話を切る。風邪引いているのに『ケーキが食べたい』んだと。この時間ならコンビニになってしまうが、そこはご愛嬌《あいきょう》だろう。宮さんに知られたらまた文句言われるんだろうな。『スタイルが重要なの理解してる？』とか理詰めで。

まあいいや。彼女が喜んでくれるのなら、それはそれで幸せなんだから。

☆　★　☆　★

美依奈が暮らすマンションの入り口。昨日、ここで心の中に眠らせていた感情を爆発させた。そのせいか、無機質な風景にも心臓がバクバクと鳴る。

インターホンに彼女の部屋番号を入力すると、甲高い呼び出し音が響く。住宅街のせいか、よく響く。昨日は全く聞こえなかった風の音も、同じように。

『吾朗さん。来てくれてありがとう』

「気にしないで。いろいろ持ってきたよ」

『うん。ありがとう。開けるね』

自動ドアが開く。鼓動はいまだにバクバクと鳴ったままだ。

エレベーターを待っている間も、上に向かっている間も、彼女のことを考えていた。俺としては大したことをしていないのに、彼女は逐一感謝の気持ちを伝えてくれる。

実はそれが一番難しいのだ。年を重ねれば重ねるほど、素直に『ありがとう』が言えなくなる。そんな当たり前のことも忘れていた。彼女とは、それが自然にできる関係で居たい。

彼女の部屋の前に立って、息をひとつ吸う。そして、少しだけ冷たい人差し指でインターホンを押した。

ドタドタと足音が聞こえる。来る。彼女が。俺のもとに来てくれる。

扉が開くと、ほんのりと甘い匂いがして、それは俺がすごく好きな香りだった。

「美依奈」

「ありがとう。吾朗さん」

マスク姿ではあるが、一瞬だけソレを下げて感謝を告げてくれた。

すっぴんとか、顔色悪いとか、そんなのどうでも良くて。ただ、山元美依奈が俺の目の前に居てくれる。そう思った途端、急に体の力が抜けた。

「大丈夫!?」

彼女が少し慌てたのは、俺がほんの少しだけよろけてしまったからである。

自分が思っていた以上に、俺は彼女のことを心配していたらしい。ただの風邪、熱も下がったと聞いていたのに、無意識にここまで不安を抱いていたらしい。

懐かしくもあった。恋のはじまりは、ひょんなことでトキメイたり傷ついたりする。

歳を過ぎてもなお、その感情は消えないものだと実感した。

「ごめんごめん。なんともないよ」

「う、うん」

不安そうな君を見ていると、どうも抱きしめたくなる。

ただ今そうすると色々我慢できなくなる気がしたから、ポンポンと彼女の頭を2、3回撫《な》でる。

「大丈夫だから」

まるで自分の娘をあやすみたいだったが、美依奈もまんざらではなさそうだ。

玄関先でいつまでもこうしているわけにはいかない。成果品を顔の横に上げると、彼女は控えめに家の中へ誘《いざな》う。扉の閉まる音に理性が千切れかけるが、なんとかこらえる。

勝手にイメージしていたが、普通のマンションと変わらなかった。リビングがあって、寝室につながっていると思われる扉がある。キッチンは一人暮らし用で少し狭いが、清潔感があって良い。

「あ、あんまジロジロ見ないで？　片付けできてないから」

「ご、ごめん！　綺麗にしてて感心してた」

苦笑いしながら、青色のカーペットの上に正座する。テーブルに買ってきた飲み物類を取り出すと、美依奈は「ありがとう」と言いながらキッチンに消えていく。冷蔵庫を開けるのは気が引けたから、正直助かった。

視線を落とすと、ゼリー系栄養食品とアイスクリームが残っていた。

「ちゃんとご飯食べた？」

「あんまり食欲ないけど、ゼリーとか食べてる。スポーツドリンクは糖分摂《と》れるから助かったよ。ケーキも後でいただくね」

「そっか。よかった」

お粥《かゆ》ぐらい作ろうかと思ったが、普段自炊をしないせいで上手《うま》くいく自信がない。ここは何も言わない方がお互いのためだろう。

処方箋の袋を見るたびに、実家を思い出す。子どもの頃は風邪を引くことすら一大イベントだった。体に熱を帯びて見る朝の教育番組は、妙に背徳感があって楽しかった。

「それでも、少し安心した」

「どうして？」

「思ったより元気そうで」

他意はない。けれど、美依奈は少しハッとした顔で俺を見つめていた。

「……俺、変なこと言った？」

「あ、ううん！　そうじゃなくて」

苦笑いしながら一人で慌てている彼女を見て、思わず首をかしげる。

「なんか、嬉《うれ》しいな」

「何もしてないのに」

「そんなことないよ。ずっと、一人で不安だったから」

彼女の言いたいことはよく分かった。俺も経験あるし。恥ずかしさを隠すように、美依奈はゼリー系栄養食品を吸っている。俺と目を合わせないように。そういうところも、面倒で可愛《かわい》らしい子だ。

「夏菜子さんにも説明しないとね」

彼女は少し憂いを帯びた声でそう言う。

そこには紛れもなく、不安がある。自身の立場を理解した上で、とは言えだ。いざ交際をスタートさせてみると先の見えない恐怖感に飲み込まれそうになる。

「その件だけどさ」

俺が口を開くと、美依奈は不思議そうに言葉を待った。ここで制止させられるとは思っていなかったようだ。

「週末、事務所にお邪魔することにしたよ。さっきの電話で宮さんには言ったから」

美依奈に相談せず決めたのは悪かったと思っている。けれど、あの場で俺が言い切ってしまわないと、きっと後回しにしたくなる。

妙な静寂が訪れる。俺にとっても、彼女にとっても望んでいなかった空気感だったけど、慌てて取り繕うのも違う気がした。

「私も居た方がいいかな」

小さなつぶやきであったが、俺に問いかけているようにも聞こえた。だから少し考えて、答えを導き出す。

「俺一人で大丈夫だと思う」

「そう、かな」

「いきなり結婚の挨拶するわけでもないし。大人として普通に対応するのが一番だよ」

芸能人というのはつくづく大変だと思う。俺たち一般人とは違うベクトルの責任が付き纏《まと》う。本来なら、山元美依奈の口から宮夏菜子に説明するのが筋なのだろう。自分の雇い主であるから。

けれど幸いなことに、俺も宮さんとは接点がある。一般人である新木《あらき》吾朗という人間が出てきても筋は通っている。どのみち『彼女には手を出すな』に近いことを言われておきながら、この結果である。謝罪は必要だろう。

でも、宮夏菜子の協力は不可欠だった。俺と彼女が仲良く過ごすためでもあるが、山元美依奈が光り輝くためには、彼女の力が必要なのだ。

「……うん、分かった。ありがとう」

「おう、任せて」

付き合った翌日にする会話ではないな。しかし、いつかはしないといけない話でもあった。そういう意味では、美依奈が風邪をひいたタイミングも良かったのだろう。

「昨日の撮影で体が冷えたのかな？」

「うーんどうだろ。元々疲れ気味だったこともあるし……」

「小休止できて良かったと考えよ」

「あはは。うん、そうしよ」

どこからか桃色の香りが漂ってきているよう。あまりにも鮮烈な記憶は、俺の平凡な思考回路をいとも簡単に乗っ取る。

全身の筋肉が硬直し、血液が沸騰するみたいに熱く熱く燃える。思い出すだけで、心臓が跳ねて跳ねて存在感をアピールしている。

少し弱っている美依奈でも、昨日は間違いなく俺と同じくらいの熱を帯びて応えてくれた。

「隣に行っても良い？」

無意識のうちにこぼれた言葉だった。

あまり長居するつもりはなかったけど、この空気感に毒されてしまえばそれは無理な話。

ほんの少しだけ、この甘い毒に浸《つ》かっていたいだけなのだ。

小さく頷《うなず》いたのを確認して、彼女の隣に腰を下ろす。仕事終わりということは、すっかり頭から抜け落ちていた。

ソファに座ることなく、カーペットの上に座っている様子を見ても、俺に気を遣ってい
るのが分かる。そんなのいいのに、なんて言ったところで何も変わらないけど。

特に会話があるわけではない。ただ、さっきよりも、彼女の呼吸が近くなっている。肩を
伝って、俺の心臓に直接問いかけてくるみたいな、艶《なまめ》かしさすら感じてしまって。

「──昨日ね」

美依奈がおもむろに口を開く。静寂を切り裂かれて少し驚いたが、止める理由はない。

「うん」と相槌《あいづち》を入れて、言葉を促した。

「嬉しかった。全然眠れないぐらいに、すごく、胸がキューってなって」

「うん」

「風邪引いたおかげで、今日も会えた。本当にありがとう」

この子は本当に良い子だ。俺は礼を言われるほど大したことはしていない。チラリと視
線を美依奈に向けるが、少し俯《うつむ》いて表情は見えない。恥ずかしがっているのだろうか。だ
としたら、なおさら可愛い。

「これから先、大変だよね」

「うん。でも、なんとかなるよ。きっと」

「あはは。適当すぎるよ」

「そうかな。美依奈なら大丈夫。だって——俺の推しなんだから」

静寂が熱を帯びていく感覚。壁時計の針が動く音すら、俺たちの会話に飲み込まれつつあった。気づけば俺は、彼女が病人だということすら忘れて話に没頭していた。二人だけの時間が幸せすぎたのだから、と心に言い訳してみる。

テーブルに残されたスマートフォンが短く鳴った。聞き覚えがなかったから、彼女のだろうと察する。

「誰だろう」

名残惜しそうに隣から居なくなる美依奈の表情は、少し赤かった。熱がぶり返したように見えて、ここでようやくハッとする。俺は見舞いに来ているだけだと。デートこそ、体調が万全な時にすれば良い。申し訳ないことをしたと目を背ける。

「あ、えっと、吾朗さん」

「どうした？」

俺が立ち上がると、怪訝《けげん》な声が飛んでくる。あまり良い予感はしなかった。

「夏菜子さん、今からお見舞いに来るって」

「……あの人、絶対分かってやってるな」

ここで帰ってしまえば、逃げたと言われるに違いない。わざわざ美依奈に言うということは、遠回しに俺への用事だろう。さっき二人で話し合ったのに、台無しだ。

心の準備はしたつもりだったが、いざやって来ると鼓動がうるさい。本当に意地悪な人だ。将来への予行練習と捉えることにして、小さくため息を吐《つ》いた。

☆　★　☆　★

「あら、思ったより元気そうね」

「ご心配おかけしてごめんなさい。熱は下がりましたから」

「いいの。ここまで走りっぱなしだったし」

玄関先での二人の会話が聞こえてくる。良好な関係性が窺《うかが》える自然なキャッチボールだ。

美依奈は宮さんのことを尊敬しているし、宮さんも美依奈のことを大切にしてくれている。だからこそ、俺の行動は身勝手以外の何者でもないだろう。売り出そうとしている張本人、宮夏菜子にとっては特に。

一人になったせいか、忘れていた喫煙欲が脳裏をよぎる。流石《さすが》に美依奈の家では吸いたくない。グッと堪《こら》える。同時に足音。呼吸を整える。

「ここ、アイドルの家なんだけど？」

「分かって言ってますよね」

「何の話かしら」

随分と分かりやすい冷やかしである。まぁ、真面目な対応されるよりはありがたい。少しだけ気を緩めることができたし。

「長居はしないわ。あなたもそろそろ眠った方が良い」

身構えていただけに、その対応は拍子抜けでもあった。だが考えてみれば、彼女は病人で長居する方がおかしな話である。

あぁ、そんなことも分かんなくなってたのか俺は。情けなさすぎる。宮夏菜子という人間は、体調の優れない美依奈を差し置くマネはしない。

「それなら、俺もそろそろ行くよ」

美依奈は少し悲しそうな顔をしたけど、すぐに飲み込んでみせた。

「来てくれてありがと。助かったよ」

「いいってこと」

いつも通り。あくまでも普段の姿を見せたつもりでいた。でも、宮さんは俺たちが思っている以上に人のことをよく見ている。

関係性の中に僅かに匂う甘さを見抜くことぐらい、きっと容易なのだろう。

「随分素直なのね」

「別に良いじゃないですか」

「……ま、そうね」

玄関に向かう宮さんに続く。俺の後ろにはぴったりと美依奈が付いている。どうやら見送りに来てくれるようだ。

宮さんは俺を待たず玄関を出て行った。振り返り様に見せた笑顔は、俺たちを妙に揶揄《からか》っているようにも見える。

革靴を履き、振り返る。彼女は少しだけ微笑《ほほえ》んで、手を振ってくれた。天使。

閉まりかけの扉を右手で押さえ、目の前に広がるのは無機質なマンションだけである。

——引き止められた。

いや、それは分かったんだ。俺が前に進もうとしても、ググッと反対方向に力が働いている。それも俺が思っている以上に、しっかり俺の体を掴《つか》んでいる。

彼女の細い腕が、俺の腰に回っている——。背中に感じる熱っぽさ。頬《ほお》や額を赤らめているのが想像できる。けれど、ハッキリと頭の中には浮かばない。それが動揺のせいだと気づいたのは、美依奈が口を開いてからだった。

「ありがと」

俺の背中に細い声がぶつかって、砕け散っていく。顔を赤らめているのは分かるけれど、今の君はどんな表情をしているのだろう。気になったからといって、振り返るのは気乗りしない。

「また電話するよ」

「うん」

彼女の手の甲に俺の手を重ねる。頰とは違って、ひんやりとしている。細くてすぐに壊れてしまいそうなほどに綺麗《きれい》な指は、微《かす》かに震えているようにもみえた。

ほんの数秒だったと思う。でもその間は、完全に二人の世界に入り込んでいたから、とても長く感じられた。

やがて、解《ほど》かれる細い腕。未練が残像として視界を曇らせる感覚だ。本当はそのまま摑み倒してしまいたいぐらい。でも、それは望まれていない。彼女にとっても、俺の本心としても。

「何かあったらすぐに連絡して。駆けつけるから」

「うん。おやすみなさい」

「おやすみ」

取り繕っている声だ。俺にこれ以上心配をかけまいと、自分に言い聞かせているような、弱々しい綺麗な声。……帰ったら電話しよう。眠っているかもしれないけど、声を聞いて今日という日を終わらせたい。

ドアが閉まると、右側からひどく視線を感じる。後悔した。

「随分と仲が良いのね」

呆《あき》れたような、美依奈とは違った声。宮夏菜子は腰に手を当てて、俺のことを見つめていた。その風貌、モデルみたいで様になっている。

「……すみません」

「謝らないでよ。こっちが悪いみたいじゃない」

思わず「違うんですか？」と口走りそうになった。一言言えば倍以上になって返ってくるのは目に見えていた。グッと飲み込んで、代わりに咳払《せきばら》いを一つする。

俺が一歩踏み出すと、彼女はため息を一つ吐いて背を向ける。一緒のエレベーターに乗るのは気が引けたが、ここで階段を使う方が不自然だと思うことにした。マンションを出るまで、宮さんは何も言わなかった。

歩道に出て、彼女は俺と反対方向に足を向けた。

「お疲れ様でした。また」

何も言わないのは変だったから、当たり障りのない言葉を投げた。別に返事は求めていない。けれど、宮さんは立ち止まった。

「週末は何の用かしら？」

俺の言葉に対する返答ではない。

背中を向けたまま、答えを待っている。表情が見えない分、喉は慎重になる。言葉次第では、全てが上手《うま》くいかない気がして。

「……彼女と」

恐る恐る口を開く。美依奈と付き合うことになったと言うだけじゃないか。それなのに、頭に浮かんだフレーズは舞うのを拒否する。

ヒュルリと風が抜ける。

「……あの子と？」

追撃。俺が言葉に詰まったから、ある意味当然の行為だった。

視線を彼女から逸《そ》らして逃げる。周りには誰も居なくて、あまりにも閑静。昨日とは違った空気感が俺たちの間にはあった。

「俺、あの子が好きなんです」

どうしてそんな言い方をしたのか、自分でもよく分からなかった。ただ一つ言えるのは、それは本当であり、嘘《うそ》でもある。好きで止まっていない。彼女に想《おも》いを伝えてしまった時点で。

「はぁ。そんなことだと思った」

宮さんのため息は、いつもよりも切なく聞こえた。やがて、視線が合う。

「ま、想定内だけど」

「……え？」

正直、拍子抜けだった。強張《こわば》っていた体から力が抜ける。「ふーっ」と風船から空気が抜けるみたいで、少しフラつきそうにすらなって。

「だから。想定通りって言ってるの」

「言葉の意味は……分かりますけど」

「あなたから『顔出す』って言われた時点で、なんとなく察してたし」

やっぱりそうだよな。急にあらたまって言うと、やはり「何かある」と思われるのは避けられない。いきなり突撃すればまだ気づかれなかったかもしれないが、結果的には良かった。彼女に心の準備時間を与えることになったのだ。

でも——気になることがないわけじゃない。

「すごい今更ですけど」

「なに？」

「約束は守れませんでしたね」

「約束？」宮さんは疑問形を言葉にする。忘れたっていうのか。俺と喫煙所で話したあのことを。

「ほら、もう会うなって言ったじゃないですか」

「ああ、あの時の。随分と早く破綻した約束じゃない」

「そうですけど」

「……見る目が無かったのよ。私の」

「そんなことはないと思います」

「そうかしら」

「美依奈に声を掛けたのは、絶対に間違いじゃないです」

彼女の口から弱音を聞くと、ひどく違和感に襲われた。普段の口ぶりを知っているから、俺の前でそんな表情をするとは思えなくて。

「結果的に、新木君が居てくれた方が都合良かった」

「そんな……」

「分かりやすいほどに輝いてた。でもそれは、アイドル的な光ではない」

「……」

「恋する普通の女の子になっちゃうのが、心のどこかで怖かったのよ」

彼女の言い分は、それだけ山元美依奈を評価していると言っても良かった。どこにでも居る女の子。普通に恋をして、普通に愛を知る。それが幸せとは断言できないけれど、世間一般的に見れば自然なレールである。

けれど、彼女はそういうわけにもいかない。アイドルとして再度売り出すのだから、恋愛関係はないに越したことないのが現在の業界。俺という存在は、本来許される立場にないのだ。

そう、俺が居ることで、その辺に居る女性になってしまうのではないか。美依奈自身が持っている魅力が半減してしまう。彼女のことを全く考えず告白してしまったがゆえに。

だから、宮夏菜子に言うのを躊躇《ためら》った。

「……でも、余計な心配になるのを願ってる」

「え？」

宮さんの言葉は優しくて、思っていた以上に前向きなモノだった。

だから反射的に聞き返す。多分、すごくみっともないというか、拍子抜けした声だったと思う。

「何？　ご不満？」

「……怒らないんですか」

すると宮さんは、呆れたように笑いながら言う。

「だから言ったでしょ。想定通りって」

それはそうだが。言い返そうかと思ったが、先に口を開いたのは彼女だった。

「別れなさい、なんて言ったらあの子の輝きは消えるでしょうね」

「輝き……」

「つまり言うと、あの子にはあなたが必要なの」

それは過大評価過ぎる気がする。でも言われて悪い気はしなかった。だから表情が少し緩む。それを宮さんは見逃さなかった。

「ま、私も熱愛相手を持ち上げたくはないんだけど」

「……すみません」

「謝らないで」

そう言われても、謝る以外に良い言葉が見つからなかった。

「簡単な話よ」

宮夏菜子という人間は、俺よりも遥《はる》かに彼女のことを考えていた。美依奈の恋人になれたからといって、すべてを知っているわけではない。オタクだった過去を踏まえても、俺はまだまだ彼女のことを理解できていない。

「恋愛ＯＫのスタンスでいけばいいだけ。だから私から言えるのは一つ」

覚悟じゃないけれど、改めて心が引き締まっていく。

俺だけじゃない。彼女自身と、それに関係する人たちの幸せがかかっている。春にしては随分と冷たい風が吹いて、肌に突き刺さる。

「堂々としていなさい。仮に週刊誌から突撃されても」

「認めても良いってことですか」

俺の問いかけに、彼女は何も言わず背を向けた。「おやすみ」という言葉だけを残して。

それが俺の責任なのだろう。いい加減な気持ちで付き合っていたら、すぐにボロが出る。

要は自分自身で考えろと。

俺なんかに彼女を幸せにできるのか。

虚《うつ》ろな疑問。同時にこれは愚問でもあった。

できるのか、じゃない。しなくちゃいけないんだ。この恋心に身を任せて、山元美依奈のために。

☆★☆★

まだ。まだ。まだ――。思い出すだけで、心臓が鳴る。

彼の表情、声、想い。そのすべてが私の全身を駆け巡る。

熱を出したのも、そのせいだよ。なんて彼に言ったら笑われるかな。

結論から言えば、ただの風邪だった。疲労から免疫が落ちていたみたい。少し出てきた熱も、処方された薬を飲んだらすぐに下がった。とりあえずは一安心だった。

吾朗さんが帰ってからも、ずっと眠っていたせいか体が重い。でも熱っぽさは無くて、昨日に比べたら全然楽だ。

「はい、お茶」

「ありがとうございます。自分の家なのにすみません……」

「いいの。気にしないで」

夕方になると、昨日に続いて夏菜子さんが来てくれた。体調のことを告げたら、私にも分かるぐらいに安堵《あんど》していた。それだけ心配をかけてしまったと申し訳なくなって。

夏菜子さんは特製の梅おかゆを作ってくれた。自炊も面倒で、昨日はインスタントのおかゆを温めただけなんだけど、それとは比べ物にならないぐらいに美味《おい》しかった。

「食欲も戻ってきたみたいね」

「はい。昨日より随分楽になりました」

「よかった」

おかゆを完食したからか、彼女はそう言う。ガッツリは食べたくないけど、だいぶ戻ってきているのは事実だった。

薬を飲み終えた私と向かい合うように、夏菜子さんは座った。

「で、昨日はどうだったの？」

「へっ。な、何がですか？」

「何って、彼と二人きりだったんでしょ」

「そうですケド……。そ、そんなんじゃないですから」

「あらそう。てっきり一線越えたと」

揶揄《からか》われてるのは分かってた。そして、皮肉なことにそれがある意味事実であるということも。言い返してやろうと思ったけど、元気な時に比べて頭の回りが鈍い。あまり良い言葉が浮かばなかった。

一線を越えた。彼女はそう言うが、言い換えれば、やったかやってないか。何をか、と疑問に思う純粋な私は思春期に捨ててきた。

でも、恋愛経験がほとんどない私にとってその感覚は分からない。恋はしてきたけど、同時にアイドルを目指していたから心のどこかでブレーキを掛けていたんだと思う。今になって考えれば。

サクラロマンスとして活動することになってからは、本格的にそういうのとは切り離された。したいって思う以前に、忙しくて面倒だと思ってしまう自分がいたから。

「病人に手出しするほど彼は酷《ひど》くありませんよ」

「ヘタレとも言えるけどね」

「……もうっ。夏菜子さんはどうして彼に意地悪ばっかりするんですか」

客観的に見ても、彼女の彼に対する態度は異質である。まるで上から試しているような、そんな雰囲気すら感じるぐらいに。

「そう見える？」

「すごく」

「あなたが彼を好きだって分かるぐらい？」

「も、もうっ！　そうじゃなくって！」

あははと笑う彼女。いつもこうだ。こうやって私のことを揶揄ってくる。意地悪してくる。こんな男の子居たなぁ。子どもの頃、好きな女の子にちょっかいかける子。夏菜子さんもそうだったりして。喉まで出かかった言葉を飲み込んだ。

「ウェブコマーシャルが話題になれば、自《おの》ずと歌デビューの話が舞い込んで来るでしょうね」

「……そういうモノでしょうか」

「そういうモノよ」

悪い意味で熱くなった喉を温めるように。お茶を飲んでいた私に、彼女は真面目なことを言ってくる。この独特なペースにも随分慣れたモノだ。

「あなたは実績もあるし。辞め方は悪かったケド」

「……ごめんなさい」

申し訳なくなって視線を落とした。何度も同じことで謝っている気がする。その度、夏菜子さんは慰めてくれる。その繰り返しだ。

「あぁそういう意味じゃなくて。単に、そうだとしても声を掛けるところはあるってこと」

最大級の褒め言葉だとは思う。でもそれを素直に受け入れる気にはなれなかった。

それはやっぱり、彼に対する感情を捨てきれなくなっていたから。そして、それはカチとなって一昨日《おととい》の夜に刻まれた。

彼に「アイドルの恋人」という十字架を背負ってもらうことになる。彼が芸能人であれば、割り切れる要素もあるけれど。全然そんなことはない一般人だ。そんな彼が世間から好奇な目線で見られるのは、正直言って嫌だ。自分のことのように苦しい。

ただでさえ、あなたには迷惑ばかり掛けているのに。大衆の目に晒《さら》すなんて真似《まね》は、もう。

そっとしておいてくれるわけがない。あの週刊誌だって、私の彼の関係を掘り起こしてくるはずだ。

「彼が居なくてもアイドル活動できる？」

夏菜子さんの問いかけは、まるで私の心を覗《のぞ》き込んでいるみたいだった。そして、思考を止めるように言ってるようで。

思い出す。あの日。彼を置いて飛び出したあの瞬間のこと。もう彼には会えないと分かって、溢《あふ》れ出る感情を止めようともしなかった。今度、同じことになったら私は、私は、もう――。

「皮肉よね。色恋沙汰には厳しい仕事なのに、それが無いと輝けないなんて」

「……そっ、それは」

夏菜子さんは寂しそうに、でもどこか温かくて優しい声で呟《つぶや》いた。思わず反応してしまったけれど、そんな私に気を留めていない。

本音を言えば、彼が居なくても頑張れる。これまで通り。サクラロマンスを抜けた一人の女性としてステージ上で輝きたい。

でも、彼が居たら。もっと、もっと、もっと。あなたのために歌える。踊れる。私に夢中にさせてあげたい。もっと。

彼女の言う通り、皮肉だった。そしてそれは、もう無視できないところまで来ている。決断をしないと、私たちは前に進めないところまで。

「昨日のミーナちゃんに手を出さなかったのでしょう？」

また話が戻った。もうその手の話はしたくなかった、というか聞かれたくなかった。ただでさえ経験の無い私なのに、そんな深いことを言われてもどう反応して良いのか分からないのだ。だから、良い加減なことしか言えない。しかも、さっきより頭の回転が鈍くなっている。彼の話に酔っ払ってしまって。

「え、えっと……たぶん」

「さっきと言ってること違うじゃない」

「だ、だって……」

「もしかしてチューぐらいした？」

どくんと胸が鳴った。痛いぐらいに。

「し、してません！」

「じゃあなんで『多分』ってなるのよ」

それは私が彼に抱きついたからである。絶対に口には出来なかったけど。

「……わ、分かりませんっ」

「あらそう。ま、それはいずれ分かるわね」

「ど、どういう意味ですか」

「彼に風邪が移ってたら、そういうことでしょ？」

「決めつけないでくださいっ！」

プイッと顔を背けると、彼女はクスクス笑った。まるで子どもを揶揄う母親だ。私より、少し年上なだけなのに、よくそんな雰囲気が出せるな。この人。

根詰めすぎて、その疲労感が顔に出ているだけだ。多分、あらゆるストレスから解放してあげたら、とんでもなく綺麗《きれい》になるんだろうな。

「何よその顔。私のこと馬鹿にしてるでしょ？」

「そ、そんなことないですよ。考えすぎです」

「どうかしら。まぁ良いけど」

勘は鋭いし、怖いよ本当に。この人には隠し事は絶対に出来ないって言い切れるほどだ。

こんな会話が出来ることに安堵したのか、彼女は苦笑いして立ち上がった。帰るようだ。

「――後悔しちゃダメよ」

「えっ？」

玄関で靴を履き替えた夏菜子さんが、私に背を向けたままそんなことを言う。

「あなたが思うように、動いて良いから」

「……結果、人気出ないかもしれませんよ」

「うん。良いの」

これまでなら聞き返していたと思う。「どうして？」と。でも、彼女が背を向けたまま言うから、言葉が出て来なかった。

私に遠慮してるんじゃないかって、気を遣ってくれてるんじゃないかって、色々考えてしまって。だから、怖くて踏み込めなかった。

「暖かくして寝てね」と振り返った彼女の顔は、柔らかいモノだった。出て行くと、静寂に包み込まれる。まるで抱きしめられているみたいに。でもあまり、心地の良い感じでは無かった。

こうなっても、頭の中に居るのは彼。新木吾朗。

――てっきり一線越えたと。

夏菜子さんの声が再生された。そして頭のシアターには彼が映し出される。両手を広げて、私のことを受け入れてくれる。

あなたの腕の中で踊りながら、ただ踊って弾《はじ》けて、その快感の海に溺れる。息が出来ないぐらいにキッスをして。

そんな私を浮かべて、熱を帯びた体をただベッドに沈めるだけ。そしてその果実は、甘く際どく、弾け飛んでいく。

9th

青春 for you

3月の末。昼休みに会社のデスクでぼんやりとあくびをしてみる。早めに昼飯を摂ったせいか、13時まで30分近く残されていた。

視線をずらす。無機質なビル街に寂しさすら感じていた新卒時代。今はそんなこともなく、これが普通。この先もずっと、俺は一人のサラリーマンとして生きていくんだろうなと。漠然と抱く自分が居たが、そういうわけにもいかなくなった。

スマートフォンを見ると、メッセージが届いていた。送り主は――思わず口元が緩む。

『お仕事お疲れ様。こっちも一息ついたからメッセージ送っちゃった。午後も頑張ってね』

自宅なら「ぐふふ」と気持ち悪く笑っていたところだ。流石《さすが》に職場でそうする勇気はなかったが、口元はもうユルユル。手で隠さなきゃいけないレベルで崩れている。

山元美依奈《やまもとみいな》との関係は順調だった。あまり会えないのがネックだが、それはお互い承知の上だ。特に彼女は一般社会人とは違って、休みが不定期過ぎる。そもそも休みが合わなかった。だから定期的にメッセージや電話をするしか手段がなかった。

まもなく4月、新年度がやってくる。一足早く藤原《ふじわら》が営業部へ異動したせいか、妙に静かな昼休みである。

4月。うん、俺の誕生日が訪れる月でもある。4月7日。33歳になってしまいます。30歳を越してからここまであっという間だったな。この先はもっとスピーディーに過ぎるのだろうか。それもなんか寂しいな。人生って。

「……あれ？」

独り言である。その理由は、なにか大切なことを忘れている気がしたのである。4月に関するなにかを。

4月、シガツ、しがつ、エイプリル——。だめだ。思い出せない。普段ならここで諦めていたが、今回に限ってそれはダメな気がした。

去年の今頃は、純粋に桃花愛未《ももはなまなみ》を画面越しに見ていたのに。まもなく告知されるであろう誕生日記念ライブを楽しみに待ちながら。

……あぁそうだ。誕生日。4月9日は桃ちゃんの誕生日だ。つまり、山元美依奈の誕生日でもある。まあ……事務所が嘘《うそ》ついていなければの話だが。

あー思い出して良かった。付き合いたてで誕生日忘れたら最悪だ。正直、夢物語の中にいる感覚だったから。

でもプレゼントとかどうしようか。恋人に渡すのは久しぶりすぎて、センスはとっくに錆《さ》びついている。良いところのディナーとか予約したほうが良いのかな？　いやいやでも迂闊《うかつ》にデートできないし……。過去の事例に当てはまらないから、思わず頭を抱えてしまう。

「頭なんて抱えちゃって、どうしたの？」

顔をあげると、先輩の山崎《やまざき》さんだった。少し髪が伸びて、色っぽさが増した気がする。気のせいかもしれないけど。

表情は少し笑っていて、心配感よりからかっている感の方が強い。まぁ面倒見はすごく良い人だから、冗談でそうしているだけだろう。

「色々ありまして」

自分からバラすこともない。彼女には悪いが、適当に誤魔化《ごまか》すのが正解だ。

「なになに？　プライベートなこと？」

「まあ……そうですね」

山崎さんは隣のデスクの椅子に腰を下ろす。彼女の席ではなかったが、ちょうど昼休みだし問題はないだろう。

「そっか。大変だね」

食べ終わったであろう手作りの弁当を膝の上に置いて、クルクル左右に椅子を揺らしている。追撃が来るかと思ったが、彼女はソレ以上何も言わなかった。

プライベートなことだからだろう。ここでグイグイ行けば「パワハラ」だと言われかねない世の中。俺も逆の立場になると考えたら、働くのが嫌になってきた。その分、山崎さんの気遣いはありがたい。

「山崎さんはどんなプレゼントが嬉《うれ》しいですか？」

「えーっ、くれるの？」

「参考データを収集してて」

「ふーん」

女性だし、なにか教えてくれるかもしれない——。なんて気持ちで問いかけたけど、聞かれた方は色々と勘ぐる質問だ。後悔したが、山崎さんは特にツッコまず考えている。

「関係性によるかなぁ」

意地悪な返答である。くそ、ここまで引っ張っておいて「なんでもないです」と片付けるのは流石につまらなすぎる。もうヤケクソだ。

「付き合っていると仮定して」

「ほう」

露骨にニヤつくが、俺は平静を装う。ここでいちいち反応すれば、それこそ事実感が増してしまう。彼女もそれを狙っている気がしたから、すごく真剣な顔をして返答を待った。

それが効果的だったのか、山崎さんは茶化《ちゃか》すことなく真面目に考えてくれている。そこまでることではないが、イジられるよりは良い。やけにナイーブになってるな、俺。

「必死に考えてくれたら嬉しいよ」

それが一番困るんですよ――。思わず口に出しそうになったが、咳払《せきばら》いで誤魔化す。

渡す側としたら、やっぱり喜んでもらいたい。必死に考えた結果、ひねくれたモノをあげるわけにもいかないし。こういうのは考えれば考えるほど思考がおかしくなると理解しているつもり。

美依奈の欲しいものか。今まで考えたことなかったし、プライベートで好きなことも聞いてこなかった。

――あぁ、俺は彼女のこと何も理解していないな。これから知っていけば良いと背中を押されても、切なさは消えない。

「――今の新木《あらき》君みたいにね」

声にハッとして、無意識に落ちていた視線を上げる。

山崎さんの表情はすごく優しかった。

「す、すみません！　無視してたわけじゃなくて」

「分かってるよ。考え込んでたから」

彼女にそう言われて、自分が思考に溺れていたと理解した。

「別になんでも良かったりするの。欲しいものは自分で買っちゃうから」

確かに言われてみればその通りだ。美依奈もお金が全く無いわけじゃないだろう。誕生日プレゼントになりそうなモノは自分でも買える。

だったらこの文化の意義は何になるんだ、って話になる。だけど、それをどうこう言うつもりは毛頭ない。

「あ、すっごく変なモノは嫌だよ」

「そ、それはさすがに分かっていますよ」

百均で済ませたり、タワシを贈ったりはしない。彼女のプライドを傷つけるし、何より俺の存在意義がなくなる。

「自分のために考えて、時間を使ってくれた——。そこに喜びを覚えるものよ」

「な、なるほど……」

いつの間にか恋愛指南みたいになっていたが、久しく恋をしていなかった俺にとってはありがたい話だった。情けないけどね。

冷静に考えて、美依奈が文句を言っているイメージが湧かない。俺が知らないだけかもしれないが、彼女に関しては本当に大丈夫な気がしてきた。

山崎さんは「それじゃあね」と席を立った。大人の女性だなぁ。俺と3つぐらいしか変わらないけどさ。既婚者の経験はやっぱ違うんだな、うん。

昼休みが終わるまでまだ時間はあった。机に伏して昼寝しようかとも考えたが、ちょうどスマートフォンが鳴った。

そういえば美依奈に返信してなかった。そんなことを考えながら画面を見る。そこには久しい名前《藤原》が映し出されていた。

『お疲れさまです！　誕プレ、なにか欲しいモノありますか？』

☆　★　☆　★

あぁ会いたいなぁ。声は聞くけど、ビデオ通話もするけど、やっぱり面と向かってお話したい。無論、私のためだって分かっている。でもやっぱり――。

マスクが蒸れてつい下げたくなるけど、グッと我慢してスマートフォンに視線を落とす。数分前に送ったメッセージに返信はなかったけど、特に気にはならなかった。ちょうどお昼休みに入る時間だろうから、都合の良い時に見てくれたら良い。

お昼の新宿《しんじゅく》駅前はひどく賑《にぎ》わっていた。前回ここに来たのは――それこそ1年近く前になる。初めて彼に会ったあの日。すべてが変わった。

今日は雑誌撮影の打ち合わせを喫茶店でして、あとは事務所に戻るだけだった。先方からは『事務所に伺います』と言われたけど、「時間がある時は足を延ばした方が良い」って夏菜子《かなこ》さんに言われて、新宿までやって来た。

打ち合わせの時は地味目の服を着るようにしている。今日だってベージュのチノパンに白のシャツ。髪だって結ってきた。こんな私でも、キャリアウーマンみたいに見えるのかな。なんて考えてみる。

「――山元さん？」

思考が「お昼ご飯」に向いた時、左斜め前からスーツ姿の人に声をかけられた。吾朗《ごろう》さんではない。それだけは分かったから、思わず身構える。

紺色の綺麗《きれい》なスーツだった。「ナンパかもしれない」と頭の片隅にあった囁《ささや》きは、すぐに消え去った。

意を決して視線を上げると、見覚えのある顔だった。

「藤原さん！」

「ご無沙汰してますー」

彼の後輩、藤原さん。打ち合わせにも同席してたし、ウェブコマーシャルの撮影現場にも居た。何より、ポスターのオファーをくれた時、彼の隣に居たから忘れるわけがなかった。

撮影以来だったけど、あの時より少しだけ雰囲気が大人っぽくなっていた。彼よりも年は下と聞いていたから、私とあまり変わらないのかも。でも私にない空気感を確かにまとっていた。でも頭を掻《か》きながら「暖かいっすねー」って笑う顔は、弟感が強くてつい笑ってしまう。

「お仕事でここに？」

「はい。藤原さんも？」

聞き返すと、彼は「そうなんですよー」と聞いてほしそうな話の切り出し方をした。

「僕、営業部に異動になって。さっきまで先輩に同行してたんですけど、昼飯一緒に食べるのは気まずくて逃げてきました」

「だ、大丈夫なんですか？」

「平気っす。逃げてきたと言っても、僕だけ会社に戻らなきゃいけなくなっただけですよ」

「あはは。そういうこと」

そんなジョークを聞きながら、スマートフォンの画面をチェックする。夏菜子さんからスケジュール確認のメールが来ていたから、彼に断って背を向ける。画面が乾いていてフリック入力しづらかった。

藤原さんはその場を立ち去ろうともせず、私と同じようにスマホの画面を眺めていた。

「でも、よく気づきましたね」

場をつなぐだけの目的で問いかけた。本心でもあったけど、聞かなくても良いかなと思っていたレベルの話題。

「え、すぐ分かりましたよ」

——なんて彼が即答してきたから、思わず振り返ってしまう。

「そ、そうですか？」

聞き返すと、彼はまた頭を掻きながら。

「目を引かれました。近づいてみたら、山元さんだったというだけで」

「そんな全然……」

「いやいや。正直、こうして話せてるのは奇跡だと思ってます」

伊達《だて》メガネとマスクをしているから、そうそうバレないと思っていたけど……。サクラロマンス時代も同じような変装してたけど、声をかけられることなんて滅多《めった》になかった。

彼の表情は至って真面目だった。からかい合う関係性ではないし、ここで変に嘘《うそ》をつく理由もない。だから素直に受け取るしかできなかった。ありがたい話なんだけど、少し胸が締め付けられた。

「ごろ——新木さんはお元気ですか？」

下の名前で呼びそうになったから、慌てて言い直す。彼は何も怪訝《けげん》そうな顔をせず、返答を考えていた。安心。

「たまに話しますけど、元気そうでしたよ。何も変わらずです」

「そうですか」

それ以上言及するのは変な気がしたから、途中だった返信を打ち終える。

ちょうどその時、藤原さんが「あっ」と声を漏らした。

「新木さん、4月7日でまた一つ年を重ねますよ」

「…………へ？」

あまりにも想定していない言葉だった。

それはつまり、誕生日。私と同じ4月生まれということを意味していた。

記憶を辿《たど》ってみると、確かにそんなことを言っていた気がする。

あれは——いつかの握手会の時だ。不思議なもので、そう言われてみれば『僕、桃ちゃんと同じ4月生まれなんです』と話す彼の顔が思い浮かんだ。今の今まで忘れていたのに。

でも、アイドル時代の記憶が活《い》かされるなんて思ってもいなかったな。別に忘れたい時代ではないし、むしろファンのみんなには感謝してもしきれない。のうのうと戻ろうとする私を批判する声も少なくて、むしろ背中を押してくれている。

「——山元さんは何あげるんですか？」

声で意識を戻す。藤原さんは、私が知っている穏やかな表情で問いかけていた。

「プレゼント、ですか」

そう、今の私たちは『渡す・受け取る』の関係性になった。しかも、普通の友達とは違って、たくさんの愛情が込められたモノを。

素直に結論は出なかった。むしろ底なし沼にハマった気がして、心臓の鼓動が早くなる。

彼は何を欲しいのだろう。何を受け取れば喜んでくれるのだろう。

人並みに恋愛経験があれば悩まなかったのかもしれない。家族以外の異性に何かをあげたのは、小学生時代のバレンタインが最後な気がする。それだけアイドルにかける想《おも》いは強かった。でも見方を変えれば、恋愛に関しては干物でしかない。

「何が欲しいんですかね。新木さんは」

思わず無意識に返答してしまった。これだと『あげる気満々』と受け取られかねない。

藤原さんは「おっ、乗り気ですねぇ」なんて揶揄《からか》ってくる。でもそこに嫌味《いやみ》っぽさはなくて、私も素直に笑ってしまった。

「今から聞いてみましょうか」

「え？」

「僕から聞けば違和感ないでしょうし。それに、すぐ返信来ますから」

確かにそうだけど、あまりにも突発的な行動に驚かされる。

彼はスマートフォンを取り出して、フリック入力をする。手慣れていた。

いつの間にか5分近く話していたせいか、額には汗が滲《にじ》んでいた。3月末だけど、日差しは十分に心を照らしてくれる。

賑わう駅前。人間観察をするだけでもここに来た価値はあった。そう思えるぐらいたくさんの人が生きている。

──目を引かれました。

藤原さんの言葉が頭をよぎった。私としては普通に立ち尽くしていただけなのに、そんなことを言われると思っていなかったから。

それは褒め言葉でもあり、これからの生活を暗示しているように聞こえた。藤原さんはそこまで考えていないだろうけど。

すべてが順調に進んでいる今、これまで通りの生活はできなくなる。心のどこかでは分かっていた。分かっていたけど、飲み込みたくない私自身がいた。

同時にそれは、大切な彼《新木吾朗》と会えなくなることを意味していたから。再びアイドルを目指しておいて何を、ってきっと思われる。私だって、彼と仕事を両立させるつもりで交際を決意した。きっとできるって、思っていたから。

でも、やっぱり辛《つら》いなぁ。分かっていたことなんだけど、こうして弱音を吐きたくなる。そして、彼に会いたくなる。

「お、新木さんから返信来ました」

藤原さんの声で現実世界に引き戻された。少しぼんやりしすぎていたから、何か言葉を無視していないか不安になる。

そんな私と裏腹に、彼は特に気にした様子を見せず文面を読み上げ始めた。

「『お金くれるのか？　ありがとうな』とのことです。辛いです」

「あ、あはは……」

なんというか、完全に男同士の会話だった。二人の関係性を覗《のぞ》き見したみたいで、少し背徳感に近い感情にさいなまれる。

そういえば夏菜子さん言ってたっけ。あの二人、仲良しだって。コマーシャル撮影の時も二人で来ていたし、夏菜子さんと藤原さんで雑談していたとも聞く。

「ちょっと聞き方変えてみます。すみません付き合わせちゃって。お時間大丈夫ですか？」

「問題ありませんよ」

このまま事務所に帰るだけだし、言葉に嘘はない。彼は私たちの関係性を知らないはずだから「そこまでしなくても良いですよ」なんて言いたくなる。

言うわけにもいかないから、今は言葉に甘えさせてもらおう。それにしても――藤原さんを改めて見てみると、整った顔立ちに可愛《かわい》らしい雰囲気。後輩感って言うのかな。人に好かれそうなタイプに思えた。

それに、意外とお人好《ひとよ》しなのかな。自分のことは後回しにしてしまう社長《夏菜子さん》とお似合いだったりして。

「返信来ましたよ」

デジャヴみたいだったけど、先ほどとは全く受け取り方が違った。可笑《おか》しかったらしく、吹き出しながら言葉にしたから。

「『可愛いあの子の手料理が食べたい』とのことです」

「──」

その瞬間、私はどんな表情をしていたのだろう。

驚いて目を見開いていなかったかな。あぁマスクをしていて本当に助かった。紅潮している頬《ほお》を、なんとか誤魔化《ごまか》せる。

それは嫉妬でもなんでもない。可愛いあの子が私じゃない、そんな考えは微塵《みじん》もなくて、彼の真《ま》っ直《す》ぐな愛情が私のハートに突き刺さるの。

告白されたあの日とは、違ったベクトルのドキドキが全身に広がっていく。体温が上がって、日差しにも負けないぐらい。

手料理かぁ……。自信ないけど、彼が食べたいって言うなら頑張って作らないと。えへへ。喜んでくれるといいなぁ。

「お、おーい山元さん？」

「へっ、あ、ごめんなさい……」

舞い上がりすぎた。藤原さんにとって『変な人』認定されてなきゃいいけど……。なんて言っても、多分この人は大丈夫だっていう謎の確信があった。

彼は腕時計に視線を落とし、午後1時を過ぎたことを確認する。ダルそうにため息を吐《つ》いて「仕事戻りたくないっすねぇ」なんてこぼす。そうやって社会が回っていると思うと、尊敬の念が湧き出てきた。

「あの、ありがとうございました」

「え？　あぁいえいえ。むしろこちらこそ」

色んな意味が込められた感謝なんだけど、彼はあまり分かっていないようだった。別にそれでも問題はない。

「誕プレ、考えてあげてください」

「……考えておきます」

口ではそう言うけど、頭の中ではすでにプラン作成に走っている。どうやって食べてもらおうか。そもそも、どこで会うべきか。いや、ご飯だけだと寂しいからやっぱりプレゼントも一緒に——。考えは尽きそうにない。

「ビジネスグッズとか良いんじゃないですか？　ほら、それこそこの駅前にも専門店ありますし」

藤原さんの発言をうっすらと聞きながら、心の底では聞いていないようなものだった。彼が喜んでくれる顔を想像するだけで、つい口角が上がる。一度は落ち着いたハートの波は、また全身に広がる。プカプカ浮いているだけで心地が良かった。

「えへ、えへへ……」

「山元さんちょっと怖いっす」

まだ時間はある。なんとか考えないと。えへへ。

☆★☆★

タバコの匂いが染み付いたこの空間は、やっぱり気分が落ち着く。

特に、仕事終わりの一服は格別である。会社の喫煙所でもなく、コンビニ前でもなく、喫茶・スウィートだからこそとも言えた。

俺の斜め前に立っているマスターは、客《俺》が居るにもかかわらず、紙タバコを吸っては煙を天井めがけて吐き出している。ここではこれが普通だった。

晩御飯のカレーを搔《か》き込んで、食後のコーヒーがまた美味《うま》いんだ。傍《はた》から見れば十分食べ飽きたと思われるぐらい口にしたが、全く飽きない。

「最近変わりないのか？」

煙を吐き出したタイミングで、彼がそんなことを聞いてきた。

藪《やぶ》から棒《ぼう》に、とは思ったけど、まあたまにはあるか。灰皿にタバコを押し付けながら口を開く。

「特にないっす」

「本当かな？」

「……どういう意味？」

「いやあ、別に」

まさか、俺と美依奈の関係を？

可能性としては十分にあり得た。なんだかんだ彼女はここを気に入ってるし、俺の知らないところで口を滑らしたかもしれない。

仮にそうだとしても、俺は美依奈を責める気にはなれなかった。宮《みや》さんからも言われている通り、無理に隠す必要はないからだ。それに、相手はマスター。彼女も心を許しているっぽいし、俺だってそう。この人のことは信用している。

けれど、心情としては言ってはいけないと考えてしまう。難しいところだ。

「あの子と特に仲良くなったらしいじゃないか」

視線だけ俺の方を向いているが、垂れ下がってニヤついているようにしか見えなかった。

「まあ……そうかもね」

「あれだけイチャつかれればな」

彼の言う通りでもあった。マスターは、ここで彼女との会話を聞いている人間。宮夏菜子と同等かソレ以上に俺たちの関係性を理解している。

俺が抱いていた恋心にも、とっくに気づいていたのかもしれない。この人はそういう人。俺や美依奈よりも、たくさんの経験をしてきているのだから。

「良いじゃない。その方が、あの子にとっても」

「……聞いたんすか？」

「いや、何も」

今の質問でバレたも同然だった。引き出し方が上手《うま》すぎるだろ。全く。

ただまあ、相変わらず他に客も居ないし、別にいいか。ある意味迷惑かけた人だし、世話になったのは事実としてある。

再びタバコに火を付けると、マスターは空になったカレー皿を下げた。腕まくりをしてカチャカチャと音を立てながら洗い物をしている。

「あの子、４月誕生日なんですよ」

「へぇ、そう。早速イベント発生ってわけ」

「マスターなら何あげる？」

雑談程度に投げかけただけだが、彼は「がはは」と笑う。

「こんな親父《おやじ》に聞くか？　それ」

「悩んでるんすよ俺だって……」

「お前には良い禁煙外来紹介してやるぞ？」

「そっくりそのままお返しします」

馬鹿にしやがって。雑談とはいえ、こっちは真剣なんだぞ。

それに禁煙外来なら結構だ。美依奈と付き合い始めてから本数が減った……ような気がするし。うん、俺には不要だ。

「マスターに聞いた俺がアホでした」

「悪かった悪かった。冗談だって」

とは言うが、口元は緩んでいる。頼りになるのは確かだけど、適当な側面があるんだよな、この人。昔はかなりモテていたっぽいし、なおさらムカつく。

「あげたいモノでいいじゃないか」

「……あげたい、モノね」

俺は彼女に何をプレゼントしたいのだろう。

思い返せば、考えたことなかったな。今までは会うことができれば御の字だったし、何を話そうかと必死に練っていたぐらいで、贈り物という概念がなかった。

数少ない恋愛の記憶を辿《たど》ってみて、指輪とかネックレスとか。悪くはないが、付き合って1ヶ月経《た》っていない誕プレにしては重すぎる気がする。

現に藤原からのメールには『手料理が食べたい』と返信したぐらいだし。

……美依奈の手料理か。たまにブログにもアップしていたから、できることは知っている。頼み込めば叶《かな》えてくれそうな願いでもある。なんでも良いから食べてみたい。

「僕なら目一杯の愛をあげるね」

「他人事《ひとごと》だと思ってふざけてますね」

「そんなことないさ。僕はいつだって本気だよ」

いつにも増して軽快なマスターを横目に、タバコの煙が鼻を抜ける。

以前より本数が減った気がする、というのはあながち嘘《うそ》ではない。なんというか、匂いの感じ方が少し変わってきたのだ。不味《まず》い、とまではいかないけれど、確実に1年前より苦手意識みたいなのが浮かび上がってきた。かと言って、素直に止《や》められるほど甘いモノでもなかった。

美依奈と出会ってから、自分の生活が大きく変わっていった。

この1年は特に、仕事面でもかなり刺激的で、いろんな挑戦ができた。もちろん、プライベートも充実できて。

出会ったきっかけは、かなり歪《いびつ》で決して美しいとは言えない。でも、そんな奇跡がないと出会うことができなかった人でもある。そういう意味では、俺はかなり強運だった。

「――出会ってからの中で、何かあるはずだよ」

タバコを吸い終わったマスターが、急に真面目なトーンでそう言ってきた。

好みの話をした記憶はない。ないが、なにかあるはずだ、何か――。

「そうっすね。相談に乗ってくれたお礼に、コーヒーのおかわりもらっても?」

「はいはい」

あぁ、俺たちを繋《つな》いでくれたモノがあるじゃないか。小さいけれど、確かに。

おかわりしたコーヒーが手元にやって来る。苦味が湯気となって鼻を抜けると、思考が少しハッキリしてきた感覚だ。なんとなくアルコールを飲みたい気分になってきたが、何故《なぜ》かマスターは少し笑ってみせた。

「喜んでもらえるといいな」

「なんか母親みたいな言い方っすね」

「それを言うならお兄さんだろう」

おじさんの間違いでは？　——なんて言おうとしたが、いたちごっこになるだろうからやめた。マスターの見た目はかなり若々しいから、お兄さんでも案外通じそうである。

「あの子なら大丈夫」

「……何が？」

「色々とさ」

「なんすかそれ。教えてよ」

時々見せる、どこか憂いを帯びた表情をしていた。

それはまるで、俺が知っているマスターではないみたいで。

でも、一つ確実に言えるのは——。俺《恋心》とは違った目線で、山元美依奈のことを見ていることだった。

☆★☆★

「月末は雑誌のモデル撮影が決まったから。ちゃんと節制しておいてね」

藤原さんからの情報提供を受けた私は、そのまま事務所に直行。夏菜子《社長》さんと今後のスケジュールを確認していた。

話にも出たみたいに、最近は撮影を中心に仕事が増えつつある。中には社長のツテもあるけれど、彩晴《さいせい》文具のコマーシャルで知名度は向上。出版社から直々にオファーが届くことも少なくなかった。

「はい。今が勝負時ですから」

「そう、分かってるわね。着実に基礎を固めて、歌デビューしましょう」

歌。私たちの最終にして最大の目標。サクラロマンスとしてデビューするまで、なかなか日の目を見なかったあの日を思い出す。

でも、今は不思議と心が楽だった。夏菜子さんの頼りがいもあるけれど、私は一人じゃないから。どんなことになっても、応援してくれる彼が居てくれるから。

「楽しそうね。嬉《うれ》しそうね」

「へっ、い、いやそんなことは……」

別にニヤついていたとは思わないけど、目の前の彼女はすべてを見透かしたような視線を送る。今日は比較的化粧が薄めだけど、元が美人だから全然違和感ない。

吾朗さんとのことは、私から何も言っていなかった。お見舞いに来てくれたあの日以降、何度か話そうとしたけど『彼から聞いたから』と言って何も聞いてくれなかった。

「あ、あの……」

「なに？」

意を決して、口を開く。

「4月はあの人の誕生日なんです」

「あらそう」

素っ気ない態度だった。やっぱり、私たちのことを認めていないのかな。

でもそりゃそうだよね。熱愛疑惑をでっち上げて、再起を図ろうとしているのに恋人ができるなんて――。それこそ笑い話にもなる。呆《あき》れられても、仕方ない。それに夏菜子さんは独身だし、恋愛からかけ離れてるから……。

「ちょっと。何かすごく失礼なこと考えてない？」

「い、いえ全く！」

ビクりと体が跳ねて、無意識に声が大きくなった。詰められたせいだろうか、彼女の迫力に気圧《けお》された感覚があった。

夏菜子さんは、それこそ呆れたようにため息を吐《つ》く。

「別に怒ってないから。本当よ」

「で、でも……」

私に反論させないように、夏菜子さんは言葉を続けた。

「これまでの態度を見れば分かると思ったけど。反対していたら、もっと前から対応していたし」

彼女が言うように、反対行動はなかった。思い返せば、むしろ彼と積極的に会うようそそのかしていた感じもする。

「私がした提案、覚えてる？」

唐突な質問だったけど、私は頷《うなず》いた。記憶の陰に隠れていただけで、その存在感は消えることのない、あの日のこと。

今でもハッキリ覚えている。コマーシャルの打ち合わせ《営業》に行った帰りの居酒屋で、今みたいにウジウジしていた私に彼女は言った。

『――仕事に支障が出たらお別れしなさい』

付き合ってもなかったし、私の中にあった恋愛感情を認めたくなかった時期でもある。

だけど『お別れ』って言葉が切なくて、刺々《とげとげ》しくて。

当時はその事実から目を背けたくて、仕方なく頷いたのが本音だった。心に刻むことすら躊躇《ためら》った。

でも考えてみれば、これが夏菜子さんにとって最大の譲歩なんだ。自身の夢と私個人の感情を考慮してくれた、最大限の優しさ。冷静に考えてみれば、よく分かることなのに。

「覚えています」

「その言葉に嘘はないし、今でも変わらない」

「はい」

「彼があなたにとって、私の夢にとって、壁となるのなら――。全力で反対する」

夏菜子さんの話には説得力があった。これ以上ない譲歩をしてくれていて、私がソレ以上に望めるものは何もない。

私だって、自分の夢を追いかけたい。でもそれは、彼と一緒に。大好きな彼のために夢を叶えたいから。だから――壁になんかならせない。

「絶対に、大丈夫です」

「そう？」

「私がそうさせない。彼のためにも、自分のためにも、夏菜子さんのためにも」

ようやく、自分が抱いていた感情を吐き出せた。

私自身が強くならないといけない。ここに来るまでだって、たくさんの人に助けられてきたんだから。

吾朗さん、夏菜子さん、喫茶・スウィートのマスター。広告代理店の営業さん、スタイリストさん、映像監督。ついでに藤原さん。いま思い浮かぶだけで、これだけの人が居る。

「信じる。というか、私にはそうするしかできないんだけどね」

そうしてもらえるのが、どれだけ幸せなことだろう。また酷いことをするかもしれないのに、夏菜子さんの優しさが純粋に嬉しかった。

「ありがとう、ございます」

「いいの。あなたはあなたなりに生きなさい」

こんなにも幸せで良いのだろうか。サクラロマンスを辞めてから、すべてが良い方向に進んでいる。あの子たちの顔が浮かぶけれど、あの頃みたいな感情はもうない。私は私。桃花愛未という偶像は、もうないんだから。

自身で淹《い》れたコーヒーを啜《すす》る。やっぱりスウィートのコーヒーには全然敵《かな》わない。最近全然行けてないから、そろそろ顔出したいなぁ。もしかしたら、吾朗さんに会えるかもしれないし。

「それで、誕生日がどうしたの？」

「あ、えっと」

すっかり忘れていた。でも話を切り出すだけの話題だったから、その先のことは考えていない。誕生日プレゼントに手料理を振る舞おうと思う、なんて言ったところでどうでも良い話でしかない。

それでも、オフがないと難しい。振る舞うだけなら夜ご飯とか、それこそお昼ご飯でも良いけど。会えるなら……長い時間一緒に居たいし。

「4月は結構詰まってるわね。オフは平日ばかりだし、彼の時間調整が難しいんじゃない？」

「う……ですよね」

「がっかりした？」

「い、いえ！　それが宿命ですし、彼も分かってくれます」

「ふふっ。そう」

抜き打ちテストみたいな言い方……。これじゃあ、迂闊《うかつ》に何も言えなくなるよ。コミュニケーションは大切なのに、事務所で無言を貫くことになる。

口走ってしまったけど、彼もきっと分かってくれる。お見舞いに来てくれた時以来会っていないし。私に気を遣っているとは思うけど、やっぱり会いたいのが本音。昼間の切なさがまた押し寄せてくる。

「ゴールデンウィークの予定とか決まってるの？」

「い、いえ。まだ何も話してないです」

少し先の話になるけど。どこかに行くのなら、それこそ今のうちから計画を立てないと間に合わなくなる。でもいきなり旅行するのは……その、色々と心の準備が必要だし。だからまずは普通にデートしたい。思い切って彼に聞いてみよう。そうしないことには始まらないから。

「ま、楽しみなさい。ほどほどにね」

そう言い残して、夏菜子さんはキッチンへ消えていった。きっと加熱式タバコを吸うためだろう。

手元のコーヒーを飲み干すと、慣れない苦味が口に広がる。美味《おい》しくないわけじゃないけれど、私が望んだ味ではなかった。

誕生日プレゼントも買いに行かないと。手料理だけだと寂しいし。彼の場合はサラリーマンだから、仕事でも使えそうなビジネスグッズとか良いかな。えへへ。楽しいなぁ。

「言ったそばからニヤけてるわよ」

「ひぇっ!?」

……やっぱり夏菜子さん怖い。

10th 思い出はルビー色

4月に入って、世の中は新年度で慌ただしくなっている。打ち合わせを終えて、次の仕事まで1時間半空いた。夏菜子《かなこ》さんは「寄りたいところがある」と言うから、少し時間を潰すことにした。別に詮索するつもりはないから詳しいことは聞かなかったけど、気になるな。

今日は世間的に休日。だから喫茶店に行けば、彼に会えるんじゃないかって思った。多分、少し前の私ならそうしていた。でも1時間半は短すぎる。きっと離れたくなくなるから、ここは素直に時間を潰すことにした。

それに、夏菜子さんとのやり取りがあってから、より一層気が引き締まった。私の一瞬の甘えが、彼にも、夏菜子さんにも迷惑をかけてしまう。強くならないとって誓ったんだから。

そうしてやって来たのは、商業施設の中に入っているＣＤショップ。全国展開されているだけあって、中は結構賑《にぎ》わっていた。

『あなたも顔が知られてるんだから、マスクとメガネは外さないでね』

夏菜子さんからはそう言われてるけど、外したくなるぐらいの熱気がそこにあった。藤《ふじ》原《わら》さんに言われたあの言葉も、あながち嘘《うそ》ではなかったみたい。

暖房じゃなくて、人が集まるところ特有のモワッとした空気。あまり得意じゃないけど、一回りして出れば良いやと割り切った。

「……あ」

店内の奥の方は女性アイドルコーナーだった。そこで目に留まったのは、サクラロマンスの新譜。私が抜けてから凄《すご》い勢いでファンを増やしている。その証拠に、他のアイドルのCDスペースを侵食してるぐらいに大々的に宣伝されていた。

「懐かしいな」

新譜だけじゃなく、私が所属していた頃のCDも豊富に取り揃《そろ》えていた。ジャケットに写る自分を見て、変な感覚に襲われる。

そこに居るのは確かに私なのに、まるで別人みたいな化粧に髪型。つい2年ぐらい前の曲。それだけど、ひどく時代に取り残されたみたいな気持ち。あの時はこれが変だとも思わなかった。

同時に、湧き出てくる罪悪感。辞める時は何とも思わなかったのに、冷静になった頭は残していった彼女たちへの思いを巡らせる。

……いや、こうやって考えてしまうこと自体おかしな話なのだ。実際、彼女たちは私が抜けたことで売れっ子アイドルになった。最年長である「桃花愛未《ももはなまなみ》」が居なくなったことで、瑞々《みずみず》しさ全開のアイドルソングを歌えるように。

「――愛未さん？」

そんなことを考えていると、ひどく可愛《かわい》らしい声で私のこ、と、を呼ばれた気がした。だから思わず声を出して反応してしまった。

その人は私の左隣に立っていて、背は低い女の子だった。栗色《くりいろ》のボブヘアがよく似合う。不織布マスクをしていても、可愛い子だと分かった。

視覚から得られる情報はそれだけだったけど、私のこの子に見覚えがあった。

「――ゆ、雪《ゆき》ちゃん？」

私がそう言うと、彼女は「そうですっ！」なんて笑ってみせた。ただあまり目立ちたくなかったようで、すぐに咳払《せきばら》いをして冷静な振りをしてみせる。こういうところは変わっていなくて、少し安心した。

夏乃雪音《なつのゆきね》。

サクラロマンスの現役メンバーで、かつては私も一緒に活動していた仲間。個性的な名

前だけど、私と同じで芸名だから仕方がない。

今やグループ最年長のお姉さん的存在な22歳。私から見たら、まだまだ妹キャラにしか見えない。

「久しぶりだね。どうしてここに？」

「はいっ。偵察を兼ねてお買い物です」

普通に話してはいるけれど、あまり長話したいとは思わなかった。退職した会社の従業員と話しているみたいで、正直居心地は良くない。

それはきっと雪ちゃんもそうだ。思わず話しかけてしまったに違いない。だってこの子は、メンバーの中でも私に懐いてくれていたから。辞めるとなった時は何も言わなかったけど、きっと胸の内にある本心は私が思っているような言葉が埋まっているはず。

彼女が偵察と表現したのは、アイドル研究という意味だ。趣味というか職業病になっている。本人曰《いわ》く、CDジャケットの表情やポーズを参考にしているとのこと。

「――すごく充実してるみたいで」

急に空気感が変わった気がした。店内の賑やかなBGMすら、今の私には届かない。

「う、うん」

思わず狼狽《うろた》えてしまった。ポスター起用からネットコマーシャルまでやって、この反響だ。彼女たちの耳に入っていない方が不自然なくらい。

だからこそ狼狽えたのだ。心のどこかで触れないでいてくれるだろうと思っていた彼女の口から、私の現在を指摘する言葉が出てきたことに驚いて。

だけど雪ちゃんの声は決して怒っているとかそういうのじゃない。私がメンバーだった頃のように、優しい声で話しかけてくれている。

「サクラロマンスの勢い、凄いよね」

この後ろめたさを誤魔化《ごまか》すように、話を変えてみせた。すると雪ちゃんは、少し照れながら首を横に振った。

「あはは。そんなことないです。日々精進ですよ」

キリッとした視線で私の目を見つめる彼女。でも嬉《うれ》しさを隠しきれなかったようで、小さくぴょんと跳ねる。栗色のボブヘアが揺れた。

ちょっと見ない間にお姉さんになって。思わず口元が緩んだ。マスクで見えないだろうけど。

「そっか。さすが最年長だね」

「む、まだ22歳ですすっ」

でもそうやって拗《す》ねるところは変わっていない。誰からも愛されるキャラクターなのが、この夏乃雪音なのだ。それは今でもきっとファンの間で認知されてるはず。

ただいつまでもここで話しているわけにはいかない。もしサクラロマンスのファンに見つかれば、それこそ大変である。こんなところが握手会会場になれば、色々な方面に迷惑がかかるわけで。

「そ、それじゃあ。頑張ってね」

それに、後ろめたさがあるせいでフワフワと浮き足立ってる気分だった。彼女に謝るのも違うし、かと言ってあの頃みたいに話すのも違う。

だから本当は、話をしない方が良いに決まってる。心の奥底では「どうして話しかけて来たんだろう」とこの子を疑ってしまう自分が居る。そんな悪い女の子じゃないのに、そう考えてしまう自分がムカついた。

「あ、あの！」

背を向けた私のことを彼女は呼び止めた。割と大きな声で。特徴的な可愛い声をしてるから、すぐにバレちゃうんじゃないかと不安になった。

だから振り返るしかなかった。彼女を置いて走り去るなんてことはしたくない。それに後ろめたいとは言っても、この子と話したいと思う自分が居るのも事実だったから。

「こ、これからお時間ありますか」

「……えっと」

思わずスマートフォンを手に取った。夏菜子さんとの待ち合わせまで1時間以上ある。二人で腰を据えて話すには短い気もしたけど、かと言って時間を潰すには長い。

「うん。大丈夫」

だから前者を選んだ。消去法と言えば聞こえは悪いけど、本心であることには変わりない。

私が辞めた後、サクラロマンスでどんな動きがあったのかも知りたい。烏滸《おこ》がましいとは分かってる。それに教えてくれるかどうかは分からないけど、聞くだけ聞いてみる価値は十分にある。

「良かった。二人でお話ししませんか。すぐ近くに行きつけのカフェがあるんで」

「うん。あんまり長居は出来ないけど」

「大丈夫です」

雪ちゃんもこの後仕事なのだろうか。私が居た頃から使ってるリュックサックを背負ってる。それはよく仕事の時に使ってたやつだから、直感でそう思っただけ。

「それじゃ行きましょう！　ホントすぐ近くなんで！」

「ふふっ。分かった分かった」

彼女の後ろ姿に付いていく。心なしか、私が居た頃よりも雰囲気がある。オーラというか、人を惹《ひ》きつける空気感。そしてその人を飲み込んでしまうだけの大きな愛。夏乃雪音は、私が知っている女の子じゃなくなっていた。

全ては私のワガママだ。サクラロマンスを抜けたいって言ったことも、アイドルの夢を捨て切れないことも。

彼女から酷《ひど》い言葉を浴びせられても、私に言い返すだけの材料は無かった。だから少し怖いと言えば怖い。覚悟はしているけれど、やっぱり。

でも、乗り越えなきゃ。

夏菜子さんのためにも、そして、彼のためにも。私は立ち止まっちゃいけないんだから。

☆ ★ ☆ ★

4月に入り、美依奈《みいな》の誕生日プレゼントを買いにやってきた。少しずつではあるが、風は暖かくなってきて、心地良い日が多くなっていた。

ただ今日は休日ということもあって、歩道は想像していたよりは混み合っている。視線を動かすだけで人酔いしそうだ。

目的の品は必ず置いてあるだろう。こういうところにあるイメージしかないし。とりあえず、彼女に似合う色を探そう。

店内に入ると、革製品を取り扱う店特有の香ばしさが鼻を抜ける。目の前には男物のビジネス系グッズが置いてあって、思わず足を止める。

そういや、最近こういうの買ってないな。営業やってた時はかなり気を遣っていたけれど、内勤になってからはさっぱり。たまにしか来客対応もないし、外出なんてそれこそ。美依奈と出会わなければ、今でもきっとなんとなく生きていたのだろう。

少しうろつくと、すぐ近くに女性用のビジネスグッズが展開されていた。そこに一歩踏み入れて、良いモノがないか視線をやる。

桃色の財布が目に入って、手に取る。革の感触。あの日とは全く違って、今はただ幸福感に包まれていた。他にもカラフルな色をした財布がある。選びがいあるな。

財布にしたのはひどく単純な理由だ。

純粋に日常生活で使えるし、何より俺たちを繋《つな》いでくれたモノでもある。ソレを取っ替えることになるが、仮に使われなくたって良い。手元に置いておけば、いつか使う日が来るかもしれないし。

「――」

視線をずらしたその先に、一人の女性が居た。

目を引いたのは、その長い黒髪。美依奈よりも長い。背中をまるっと隠していて、あまりにも特徴的だった。彼女の視線の先には、女性用のスーツが並んでいた。

あぁ、新卒の子だろう。就職活動用とか、それとも仕事用とか。よくわからないけれど、こういう店のスーツは結構な値段がする。新卒というか、若い子には痛い出費になるが、最近の子はお金持ちらしい。

美依奈の誕生日プレゼントは、一番最初に目を付けた桃色の財布に決めた。

彼女は、いつまでも桃ちゃん扱いされるのを嫌がるかもしれない。でも俺にとって、彼女はやっぱり桃色。恋の色をしたトキメキカラーである。

とはいえ、せっかく来たのだ。もう少し見て回ろう。そんな軽い気持ちで歩き出す。

「――あの」

ものすごく細かったが、確かにそれは俺の耳に届いた。聞こえたソレは、女性の声である。

ネクタイを眺めていた視線を左にずらすと、柑橘系《かんきつけい》の匂いがした。先ほどの女性が、俺のことを見上げていたのである。

「はい？」

「これ、落としましたよ」

女性が差し出して来たのは、交通系ＩＣカードだった。俺が働く彩晴文具の刺繍《ししゅう》が入った定期入れをズボンのポケットにしまったはずだったが。確認してみると、確かに無くなっていた。

あぁやっちまったな。何かの拍子に落ちてしまったようだ。ソレを親切に拾ってくれたのか。

「すみません……助かりました」

軽く頭を下げる。背が低いその女性は妙に大人びてて、美依奈よりも長い黒髪が綺麗《きれい》な人だった。

「いえ。偶然落ちたところを見てたので」

「そうだったんですか……ありがとうございます」

マスクと丸眼鏡のせいでよく顔が分からないけど、中々の美人だと思う。まぁ美依奈には到底及ばないけど。なんなら「俺の恋人はめちゃくちゃ美人だぞ」とアピールしたいぐらいだ。

「……桃色？」

「え？」

妙に手元が熱くて、彼女の視線を感じる。その問いかけの意図はすぐに分かった。

「可愛《かわい》いですね」

「あはは……ありがとうございます」

大人しそうな見た目をしていたが、思いの外おしゃべりな子だった。

手渡して終わりなのが普通なのに、わざわざ財布のことに突っ込むなんて。そんな珍しいか？

先ほどまでスーツを眺めていた彼女は、特に何も手にしていなかった。ピンとくる商品がなかったのだろう。まあ都会だし、探せばいくらでもある。それこそ、量販店でも売っ

ているぐらいだから。

「プレゼントですか？」

「ええまあ。喜んでくれるか心配ですけど」

すると彼女は、マスク越しに笑ってみせた。

「大丈夫ですよ。きっと」

俺たちの何を知っているのか、なんてつまらない言葉は出ない。

妙に雰囲気をまとっていて、メガネの奥にある大きな瞳が俺の心を覗《のぞ》き込む。

どこかで会ったことがある。

直感だった。この子のことを、俺は知っている気がした。いつ、どこで会ったのかは分からないけれど、この既視感はどうも勘違いとは思えなかった。

でも、そんな俺の感情はすぐに消え去ってしまう。――入り口に立ち尽くす愛しのミーナ《山元美依奈》ちゃんが酷い形相で俺を見つめていたからである。

☆　★　☆　★

彼女の言うカフェは、商業施設を出て交差点を渡ったらすぐ着いた。道路沿いにあるまさに都会の喫茶店。落ち着いた雰囲気と若者向けの煌《きら》びやかさが綺麗に混ざり合っている印象を受けた。

実際に、店内は若い人からベテランのサラリーマンまで幅広い客層がくつろいでいる。

「予約してた佐藤ですけど」

あ、予約なんてしてたんだ。なんて思ったのも束《つか》の間《ま》。歩み寄って来た女性店員にそう告げる。するとそのまま奥の方へ案内された。

その席は、壁で遮られた半個室みたいになっていた。少し離れたところに女性が一人座ってるだけで、実質私たちの周りに人は居なかった。その方がありがたいのはそうなんだけど。

「いつの間に予約なんて」

雪ちゃんは腰を下ろして、リュックサックを空いている席に置いた。私もそれに続きながら疑問をぶつけると、彼女は苦笑いしながら答えた。

「実は華《はな》ちゃんと来る約束してたんです。でも仕事が押して来れなくなっちゃって」

「あ、そうだったんだ」

彼女の言う華ちゃんには覚えがあった。それもそうだ。その子もまた、サクラロマンスの現役メンバーである。

それに私が居た頃から二人は仲良しだった。年は雪ちゃんの方が二つ上だけど、しっかり者なのは年下の華ちゃん。その構図がファンにも受けて、年齢が逆の姉妹なんて呼ばれることも少なくなかった。

「ソロ活動も増えてきたんだね」

私がそう言ったのは、すごく単純な理由。これまではサクラロマンス全員での活動がメインだった。だけど今は、雪ちゃんが目の前に居るのに、華ちゃんは仕事。それはつまりそういうことだ。誰でもそう思うこと。

「はい。私は全然ですけどね……あはは……」

笑っているが、内心は悔しいに決まってる。私が同じ立場だったらそう思うし。

それに、夏乃雪音という女の子は良くも悪くも普通なのだ。優しい子で、性格が尖《とが》っているわけでもない。何か特筆する武器があるわけでもない。ただ可愛らしい女の子。それをずっと気にしていたのを知っているから。

「雪ちゃんには雪ちゃんの良さがあるよ」

だからそんなことを言ってしまった。私にそんなことを言われたくはないだろうけど。

だけど、やっぱりサクラロマンスだった頃の記憶は消えることはない。

——そういうのが嫌になったんじゃん。

心の中で何かが蠢《うごめ》いた。

そうだ。最年長としての立ち振る舞いに疲れて、自分が理想だったアイドルになれないと悟ったから。ダラダラと27歳まで続けてしまったが故に、もう伸び代はないと感じた。

そして、ファンや彼女たちを裏切った。最悪の形で。

でも夏乃雪音は、私が思っていた反応とは真逆の態度を見せた。

「……やっぱり優しいですね。美依奈さん」

マスクを外してはないけれど、目尻が少し垂れている。微笑《ほほえ》んでくれているようだった。

特徴が無いという評判は嘘《うそ》だ。こうして目の前に居る彼女は、私から見ても光り輝いている。実際、握手会に来たファンの人を一番満足させるのはこの子だし。ネットの書き込みはあまりアテにならなかったりする。そして、彼女自身の思い込みも。

「そんなこと……ないってば」

少しだけ目を伏せてそう言う。恥ずかしくなったとは言えなかった。「ふふふっ」と笑う彼女の声が聞こえる。

「変わっていなくて、安心しました」

「……そうかな」

「そうですよ。やっぱり美依奈さんは美依奈さんです」

「マネしてる？」

「はいっ」

今度は悪戯《いたずら》っぽく笑ってみせた。ほんの少しだけ色っぽくなってる気がする。本当にちょっぴりだけど。

呼び方も、今日初めて本名で呼んでくれた。サクラロマンスのメンバーは全員が芸名である。私みたいにフルネームだったり、雪ちゃんのように苗字《みょうじ》だけというケースがある。

夏乃雪音の本名は佐藤《さとう》雪音。可愛い名前だと思うけど、私たちに共通して言えるのは全員の苗字がシンプルだということだ。ま、別に今はどうでもいいんだけど。

「あ、そうだ」

ふと聞こえたその声に意識がいく。彼女のアクションを見て、なんとなく察した。

さっきから話すことに集中していたせいで、飲み物を注文し忘れていたことに気づいたのだ。だから雪ちゃんは私の前でメニューを広げて「何にしますかー？」と後輩女子のように可愛く聞いてくる。

テーブルの下にやったスマートフォンの画面に触れる。時間は10分程度しか経《た》っていない。うん、ならコーヒーの一杯ぐらいは飲めそうだ。

「私はミルクティーにします。美依奈さんは？」

「アイスコーヒーにしようかな」

特に何も考えず、流れるようにコーヒーを選んだ。すると雪ちゃんは「えっ」と驚いたような声を漏らした。

「どうしたの？」

「あ、いや、大したことじゃないんですけど」

そんな前置きをされると余計に気になる。大体そう言う時点で彼女の中では「大したこと」なのだから。

このまま受け流すのも気持ちが悪いし、その言葉の先を促してみた。雪ちゃんは少し考えて。

「美依奈さんってコーヒー飲んでる印象なくて」

「……それだけ？」

「わ、私には一大事に映ったんですっ！」

「そんなこと言われてもなぁ……」

口ではそう言うけど、サクラロマンス時代を思い返してみれば案外彼女の言う通りかもしれなかった。

仕事中は基本的に水かお茶しか飲まない。匂いとか色々気にしてたし。今になって思えば、流石《さすが》に気を遣いすぎた感も否《いな》めない。だからか。

……だとしても、そこまで驚かなくてもいいのに。仕事中は飲まないだけで、プライベートでは普通に口にしてたわけで。

痺《しび》れを切らした店員が私たちの席にやって来た。驚いている雪ちゃんを横目に、私はミルクティーとアイスコーヒーを注文する。その間、彼女はジッと私の横顔を見つめている。分かる。凄《すご》い視線が刺さってるんだもん。

「今の美依奈さん、すごく綺麗《きれい》」

「ちょっ、いきなりどうしたの」

「あ、いえ。素直に思ったから」

「……そう。ありがと」

その好意は素直に受け取っておく。否定するのも違う気がしたし。

話にも熱がこもってきたから、さっきよりも空気が柔らかいモノに変わったと思う。それを察した私の心は、ずっと奥に隠していた感情をチラリチラリと見せ始める。

どういうことかというと、私が辞めるきっかけになったこと。――熱愛疑惑の報道が出た時、どう思ったのか。

別に聞く必要は無いのに。聞かなくてもこの先の仕事にひどい影響が出るとかは無いと思う。

けれど――避けては通れない道。私とサクラロマンスは一応、同業者ということになる。辞めといてソロアイドルとして活動するのは、彼女たちから見たら不義理そのものだ。

「あの、さ」

「はい？」

聞きづらい。でも、聞くしかない。

あの子たちのことなんかどうでもいい。それを捨てて、自分が理想とする道を突き進めば良い。そう心を鬼にして、喉に留《とど》まっている言葉を空気中に投げる。

「私が辞めた時、どう思った？」

雪ちゃんは戸惑っていた。彼女に聞くべきことではなかったかもしれない。言っておいて後悔する。申し訳ない。

でも、私の胸には彼女たちの存在が少なからずある。まとめなきゃいけないという強い思いが、今にも千切れそうな細い線になっても残ってる。これを断ち切るには、こうするしかない。

さっきまで笑っていた彼女から、微笑みが消えていく。変わる表情。でもそれは、怒りではなく、悲しみに近い何かであった。

「その時も言いましたけど、ショックでした。正直」

「うん」

「……でも」

否定形。それを聞いて、少し安堵《あんど》した自分が情けなくて吐きそうだった。

「なんとなく予想はしてました。無理してるんだろうなぁって」

「……」

「実際、私たちは美依奈さんに甘えっぱなしでしたし。だから、少なくとも私は否定するつもりはないです。むしろ、また同じ世界に戻ってきてくれて嬉《うれ》しいぐらいですから」

それは素直に受け取っていいのだろうか。雪ちゃんは嘘をつくタイプじゃない。こう見えて、嫌なモノは嫌だとハッキリ言える性格。だから本心なんだろうけど、その言葉に甘えてしまうのは違う気がした。

「——ただ」

また否定形。今度はさっきのような安堵感は無い。いや、今はそれで良い。彼女たちの声を聞くことが出来るのなら、それで。

「他の3人は、あまり良く思っていないと思います。特に華ちゃんは、美依奈さんのこと本当に尊敬してましたから」

「……辞めておいて、また芸能界に戻るから？」

その問いに、彼女は何も言わなかった。それが肯定だと言うのは、誰の目から見ても明らかだったのに。

さっきまでの温まった空気は消え去っていて、運ばれてきたアイスコーヒーの苦味すら感じない。

この独特の感情は、この先も消えないんだろう。それぐらい、自分が捨てた彼女たちは大きな存在だったのだ。

多分。ここに来て初めて。いや、ようやくと言うべきだろうか。自分がやったことの罪深さというモノに気づいてしまった。

私が捨てたソレは、今やトップアイドルの階段を駆け上がっている。そんな彼女たちと同じ舞台で戦うのだ。たった一人で。私しかいないステージ上。流れる音楽に飲まれて冷笑されたって不思議じゃない世界で。

「このあとの予定とか決まってるんですか？」

そう言われたから、素直に頷《うなず》く。彼女は続ける。

「お仕事です？」

「それもあるし……」

「あるし？」

話を完結させなかったことを、少し後悔した。

ここで雪ちゃんに彼《恋人》のことを告げる意味がない。仕事の前に、彼への誕生日プレゼントを買いに行くなんて、言えるわけがなかった。

すぐ近くにあるビジネスグッズが売っているお店に寄りたい。特に買うものは決めてなかったけど、お仕事で使えるモノが良いと思うし。

「ちょっとね。ちょっと」

「むぅ。秘密はいけませんよー」

彼女は、可愛《かわい》らしく拗《す》ねたフリをしてみせる。でも気を遣ってか、ソレ以上言及することはしなかった。

そんな雪ちゃんだから、サクラロマンスを引っ張っていける。大丈夫。すべてが良い方向に進んでいると思うから。私にとっても、彼女たちにとっても。

「――美依奈さん」

俯《うつむ》きかけた私に、彼女は声を掛けてきた。思った以上に優しい声だった。聞き返すと、声と同じぐらい柔らかく笑った。

「今日、華ちゃんが来れなくなって、偶然会えました。でもきっと、これはお互いにとって良い偶然だと思うんです」

「そんな……」

「また、連絡してもいいですか？」

その好意に、即答出来ない自分が居た。ありがたい話なのに。まだ気に掛けてくれている。

もう一度、味のしないコーヒーを口に含んで、精一杯の作り笑顔を彼女に見せた。

☆　★　☆　★

そんなことで、思いのほか話し込んでしまった。

約束の時間まで30分程度しかなかったけど、一通り店内を見る余裕はある。新宿《しんじゅく》駅前のビジネスグッズ専門店。藤原さんが教えてくれた場所。

蒸れたから、一瞬だけマスクを下げる。そう思って、一歩踏み入れると目を疑う光景が広がった。

彼が居たのだ。それも、知らない女の人と。

え、浮気？　まさか、私は遊びだったの？　――なんて考えは一瞬浮かんだだけで、すぐ彼のことを見つめる。

あ、目が合った。ひどく驚いている。私だって、この場で泣き叫ぶほどヒステリックにはなりたくないし、それに身バレしてしまうから、ここは大人しく店内を見回ろう。うん。満面の笑みを浮かべている自分に気づくことなく。

私は彼らに背を向けて、壁側に展示されている小物類を確認する。

どういう関係なんだろう。同僚にはとても見えないし、友達かな。オフィス近くで先輩と一緒にいた時とは違った不安感が襲う。

考えすぎだと思う。そう思わないと、この先やっていけないことぐらい分かってる。でもやっぱり気になる。

あぁ、私ってこんなに嫉妬深い人間だったんだなぁ。少し自分に呆《あき》れた。彼らの会話は聞こえないけど、妙な視線は感じる。レジの方からは誰かが会計を終えた声がする。

あぁきっと変に心配かけちゃったな。怒っているわけじゃないのに、気にしいな私の性格のせいで。

視線を上げると、薄い緑色のネクタイが目に入る。薄い黄色のしましま模様。可愛い。

「――」

咳払《せきばら》い。男の人が、私の隣に立っている。

圧迫感はなくてむしろ――あたたかい。うっすらと鼻を抜ける苦い香りが、私の思考を痺れさせた。

「えっと、偶然」

ちらりと彼の方を見ると、ただ壁側に話しているようにしか見えない。

でもそれは、周りの視線を気にしてのことだった。なんとなく、本当になんとなくだけどそう思った。

「お友達？」

「違う違う。全然知らない人。定期券拾ってくれただけ」

「ほんと？」

「神に誓って」

そんなことを言うから、私はそのネクタイを手にとって、スタスタと歩き出す。そのままレジに直行して、表示された金額を支払って、そのまま良質な袋に入れてもらう。一瞬振り返ると、彼がすごく不思議そうな顔をして私のことを見つめていた。

商品を受け取って、そのまま外に出る。店内だと変に目立つと思ったから、少し歩く。できれば目立たないところまで――なんて思ったけど。

「美依奈？」

今日初めて名前を呼んでくれたから、思わず立ち止まる。

振り返ると、また目が合った。思わず頰《ほお》が緩んでしまいそうになるぐらい、たくさんのハートが私を覆う。

喉が締まった。今日は、私から言わないと。あの日、彼が勇気を出して言ってくれたみたいに、まっすぐで、熱いこの想《おも》いを。

「少し早いけど――」

彼に一歩近づく。マスクを下げる。すう、と息を吸う。

「ハッピーバースデー」

これは、あくまでも第一弾だから。

次は、もっと喜んでくれるといいな、なんて。

☆　★　☆　★

驚いた。純粋に。彼女が俺の誕生日を知っているなんて、誰が想像しただろう。

確かに握手会の時にはチラッと言ったことあるが、まさか覚えているとは考えにくい。それに怒っているとばかり思っていたから、目の前に居るこの可愛い生き物に目を奪われるしかなかった。

人波が少ないわけじゃない。ずっと立ち止まっていると、かなり迷惑するのは事実としてある。だから早く受け取って、この場を立ち去るのがお互いにとって良い。

「いらない？」

意地悪っぽくそんなことを言う彼女は、マスクをあげながら笑っている。

そんなわけない。喉から手が出るほど欲しいさ。たとえ、ソレが何なのか分かっていても、関係のない話。

山崎《やまざき》さんから言われた言葉を思い出す。必死に考えてくれたら嬉《うれ》しい、というのは本当だ。当事者になってみると、かなり理解できる。

「い、いる。ほしい！」

おもちゃをねだる子どもみたいになってしまった。

さっきまでクスクス笑っていた美依奈も、思わず吹き出してしまう。間抜けな自分が情けなくもあり、笑ってくれたことに喜びを覚える自分も居た。

「はいっ」

細い指にかかった袋を受け取って、ちらりと覗《のぞ》く。さっき後ろで見ていたままの長箱が入っていて、ひどく幸せな気分になる。

「ありがとう。絶対するよ」

「付けたい時だけで良いよぉ」

満面の笑みだ。ダメだ。可愛すぎないか。ビジネス的に見れば、少し派手な気もするが色が薄いから何とか使えそうだし。普段はノーネクタイとはいえ、もらったからにはしない手はない。

となると、いま俺がもう片方の手に持っているモノはどうしようか。

彼女に渡さない手はないが、なんというか。ついで感があって申し訳ない気持ちも多少ある。

よく晴れた青空には、太陽が浮いている。強い日差しのせいか、額には汗が滲《にじ》む。まだ春なのに、気分はもっと先に居る。

「さっきの人、綺麗《きれい》だったよね」

「急にどうしたの」

「否定しないんだ」

「いやっ、そういうパターンね……」

非常に面倒である。無意識かもしれないが、このまま突き進めば恋人のことを束縛する女になりかねない。その可能性を、山元《やまもと》美依奈が持っていた。

まぁそういう子だろうとは分かっていたから。俺が気をつけるのはもちろん『そういうところは直していこう』と寄り添ってあげたい。

「俺は美依奈以外に興味ないから」

「……そ、そういう問題じゃないのっ！」

えぇ……。ならどういうことだろうか。俺がすぐに否定しなかったことにそんな問題があるのか。すごく格好つけたのに。分からない、女心。多分この先も理解し切ることはないんだろうな。寄り添いはするけどさ。

プイッ、と顔を背ける彼女はそれこそ子どものようだ。恋愛経験が少ないのが悪い方向に影響している。面倒だが、可愛《かわい》いから許してしまう。というか、そういうのはもう関係ない。

「はい、これ」

彼女がくれたプレゼントと同じ袋を手渡す。美依奈はぽかんとして、差し出されたソレを見つめるしかできない。なんのことか全く理解していないようだった。

「美依奈も誕生日だから。少し早いけど、おめでとう」

「──」

彼女は大きな瞳を揺らしながら、おそるおそる紙袋を受け取った。

「……ご機嫌取り」

「違います」

口ではそう言っているが、俺から目線をそらすあたり、喜んでくれたようだ。なんでツンデレキャラになっているのか分からないが。

袋の中を覗き込んで「開けても良い？」と問いかけてくる。ここでは迷惑になるからと言って、道の端に寄ってから開けてもらうことにした。

「お財布！」

「……ベタかもしれないけど」

「ううん。そんなことない。ありがとう」

桃色の財布を手にする美依奈は、その姿すら様になっていた。

そしてなにより、この色がよく似合う。桃花愛未のことを思い出しそうになったが、今の彼女は違う。目の前に居る君が、俺だけが知るたった一人の女性。

このあとは仕事だから、と彼女と別れて帰路につく。一緒に帰ることができるのに。そんな今年の誕生日。

11th Secret Romance

4月の末。気だるさのピークを乗り越えた木曜日。ゴールデンウィーク前の最後の土日が目前に迫っていた。世間はかなり浮き足立っていて、ニュースでは新幹線や飛行機の予約率を取り上げている。

例に漏れず、俺も休みになるんだが、特に行く場所もないのが現実だった。それこそ美《み》依《い》奈《な》と遊びに行きたいが、彼女にも仕事がある。そこは無理強いしたくないのが本音だった。

仕事を終え、一人帰宅する。スーツのジャケットを脱ぎお気に入りのネクタイを外して、ソファに腰を落とす。冷蔵庫から取り出した缶ビールが疲れ切った指先を冷やす。抜けるような爽快感とともに、喉を流れるソレは疲れを誤魔化《ごまか》すには十分すぎた。一つ息を吐《つ》いて、腰を上げる。喫煙欲が出てきたからである。

本来なら台所の換気扇の下で吸うが、今はそんな気分じゃなかった。ベランダに出て、タバコに火を付ける。コマーシャルのように手すりに肘を乗せて、片手には缶ビール。平日にしては贅沢《ぜいたく》な気分である。

　空を見上げると、雲に覆われていた。星は何も見えない。どんよりとまとわりつく空気感が梅雨前みたいで。

（元気かなぁ）

　彼女とは偶然会っただけで、プレゼントを渡し合ったあの日以降会えていない。連絡は常に取り合っているが、無理をしていないか不安になるのも事実だった。

　俺の目から見ても、彼女のメディア露出は増えていた。それこそファッション雑誌にモデルとして載ってみたり、インタビューを受けていたり。そのうちシレッとテレビにも出演したりしそうな勢いがある。

　それが彼女の望むことなら、俺は何も言いたくないし、言う権利はないと思う。でも、すごく遠くにいってしまった感覚に襲われる頻度は、間違いなく増えつつあった。

　その時、ズボンのポケットにしまっていたスマートフォンが鳴った。いつのまにか空になった缶ビールを室外機の上に置いて、震えるソレを取り出す。

「もしもし？」

『ごめんね夜に。いま大丈夫？』

「うん。家だから」

　電話越しの山元《やまもと》美依奈は、お淑《しと》やかな声をしていた。仕事終わりか聞いてみると『ちょうど家に帰ってきた』とのこと。俺と同じで、少し嬉しくなった。

タバコの煙を雲空目掛けて吹きかける。儚《はかな》くすぐに消えていく。雲の奥に隠れている星屑《ほしくず》には、到底届きそうにもない。なにもかも。俺のこの、彼女に対する愛情も――。

『あのね』

そんなしょうもない思考をしていたら、彼女に背中を叩《たた》かれたようだった。とんとん、と優しく。振り返ったらいつもの笑顔でいてくれて。あぁ、会いたい。

『あさって、なんだけど』

「うん?」

『私、一日オフになったの』

思わぬお誘いだった。同時に、体温が上がっていく。体に溶け込んでいたアルコールが、急に活発になったみたいな、そんな感覚。

会いたい――。そんな願いがこんなにも簡単に通ってしまうのかと、神様が居るのなら盛大な拍手を送ってやりたい。

だが、そんな気軽に「じゃあ会おう」と言うのは難しくもある。いかんせん、相手の仕事は特殊だし、都内をウロウロすると身バレする可能性は高くなっていた。

「――なら、会おう」

何も考えずに出た言葉でもあった。

どこに行くのか。何をしに行くのか。人目につくところには行けないだろう。地方に行くにも時間が足りないし、あまりにも急な話だ。

なるようになる、なんて甘い考えがあったのかもしれない。それで後悔することだってあるはずだ。でも、彼女が望んでくれるのなら、俺はそれで良いとすら思っている。

『うんっ！』

良かった。俺だけの一方通行じゃなくて。

彼女にとって、珍しくなった休日を俺に使ってくれるなんて、本当に幸せ者だなぁ。

タバコの煙がうるさくなってきたから、最後に一吸いしてから携帯灰皿に押し付ける。

美依奈が『タバコ吸ってた？』って聞いてくるから「もう止《や》めたよ」なんて嘘《うそ》をつく。彼女はクスクスと笑ってみせた。

「あんまりウロウロするのは良くないよね」

『ごめんね。私のせいで』

「いやいや。そもそも人混みは苦手だから。気にする必要ないよ」

『うん。ありがと』

俺としても、周りが静かな方が落ち着く。彼女と一緒に居るのなら、なおさらだ。

彼女と会うのは、いつもあの喫茶店だった。それ以外となると、彼女の家に見舞いに行った時か。

……家か。確かに周りの目は一切気にならないが、故に大変なことになる。付き合って1ケ月経《た》つし、別に高校生じゃないし。良いんだけど、美依奈が嫌がるかもしれないし。

『吾朗《ごろう》さん？』

「あ、あぁごめん。行き先考えてて」

『あのね、見たい映画があるんだけど』

映画か。ベターだが、最初はそれぐらい王道で良いかもしれない。

彼女の言う『見たい映画』が何かはわからないけど、別に苦手なジャンルがあるわけじゃないから問題はない。「いいね」と素直に返答する。

土曜日の朝10時に池袋《いけぶくろ》駅に集合することになった。定番のデートスポットだが、木を隠すなら森の中だ。映画の内容については、当日の楽しみにしたいからあえて聞かなかった。

『ありがと。それじゃあ、また土曜日にね』

「おう。おかげで明日頑張れそうだよ」

『ふふっ。私も』

電話を終えて、スマートフォンを持った手がだらんと垂れ下がる。力が抜けた感覚になって、思わず息が漏れる。

窓にもたれかかって、空を見上げる。上がりきった体温を考慮したような、冷たい春の夜風が吹き付ける。相変わらずの曇天だったけど、切れ間からは綺麗《きれい》な星が顔をのぞかせていた。

体を起こして、手すりに腕を乗っける。タバコに火を付けて、また煙を空めがけて吐いてみる。相変わらず、すぐに消えていく。頭に思い浮かんでいるのは、ただただ楽しんでいる山元美依奈の顔だけである。

……緊張してきたな。なんか。

☆★☆★

土曜日。９時40分と微妙に早く着きすぎてしまった。仕事の打ち合わせでも、もっと気は緩んでいる。デートそのものが久しぶりだし、彼女の隣を歩くことにすらドキドキしている。心臓はすでにフル稼働していて、血液を全身に送り込んでいる。体温が上がっていくのも時間の問題だった。

５分後ぐらいだろうか。小さく俺の名前を呼んだ声が聞こえた。辺りを見渡してみると、ブルーのワンピースを纏《まと》った少女が立っていた。

「――」

見惚《みと》れてしまった。ワンピースはよく衣装とかで着ていたのに、今までとは違って、清《せい》楚感《そかん》の中に大人の女性感が溶け込んでいる。視線を少し落とすと、驚くほど細くて綺麗な脚が姿を見せる。思わず生唾を飲み込むぐらいには。

美依奈は壁側に立っている。俺がそっちに行ったほうが良いだろうと判断して、駆け寄る素振りを見せないように近づいた。

「早いね」

「吾朗さんも。待った？」

「全然」

お決まりのやり取りをして、彼女から視線を逸《そ》らす。朝の池袋駅は休日ということもあり、かなり賑《にぎ》わっていた。カップルも多く、この調子なら俺たちも群衆の一つぐらいにしか見えないだろう。

美依奈によると、映画の上映時間は10時20分からだという。少し早いが、今から映画館に行けば諸々《もろもろ》買う余裕もある。いずれにしても、ここで待っていても仕方ない。彼女にそう言うと、同じ考えだったようで素直に頷《うなず》いてくれた。

こういうところで意見が合うのは、個人的に嬉《うれ》しかった。微妙なすれ違いが増えていって、やがて大喧嘩《おおげんか》に発展するケースも珍しくない。今のところ、俺はそんなことを感じていないが、彼女はどうだろう。気にはなったが、ここで問いかけるのは違う気がしたから何も言わなかった。

映画館自体は駅から歩いてすぐの場所にある。その間、俺たちの中で会話らしい会話はなくて、お互い謎の緊張感に包まれていた。思えば、付き合ってから一緒に歩くことはこれが初めてだ。付き合う前と何ら変わりないのに、どうしてこうも喉がキュッと締まってしまうのだろう。

気がつくと目的の場所に着いていて、映画館特有の香ばしい匂いが鼻を抜ける。思えば、映画自体も久々だった。自動券売機の前に二人並ぶ。

「そうだ、それで何を見るの？」

「これだよ。シークレットラブ」

「うお、俺たちみたいだな」

「あはは」

そんな冗談を言う子だったたっけな。笑っているが、どうやら本当の理由は違うらしい。

「一般」を2名分押した彼女は、俺があげた財布から2千円を取り出す。慌てて俺も2千円を出して、券売機に投入する。

「ハナちゃんが出てるんだ」

「ハナちゃん……？」

彼女が言うハナちゃんが誰なのか、いまいちピンと来なかった。

お釣りとチケットが出てきて、俺がまとめて受け取る。お釣りは飲み物代に使おうと合意を得て。

「忘れちゃった？　サクラロマンスのハナちゃんだよ」

そう言われてようやく理解できた。それは俺もよく知る人。画面越しでよく見ていたのだから。

「あぁ、村雨華《むらさめはな》ちゃん」

「そう。ソロ活動も好調みたいだから、気になって」

「今やライバルだもんね」

「そうなの。負けてられないから」

フードコーナーでドリンクを注文する。二人してコーラだ。美依奈も節制している影響で炭酸自体を飲むのが久しいらしい。だが「今日だけは特別なんだ」と嬉しそうに笑ってみせた。可愛《かわい》い。腕時計を見ると、10時を過ぎていて入場も始まっていた。

ポップコーンも考えたが、ランチのことを考えて我慢することにした。彼女の悩ましげな視線が、すごく微笑《ほほえ》ましかった。青春時代を振り返っているみたいで、すごく心が躍る。

☆　★　☆　★

シアターを出て、壁際で思い切り背伸びをする。思わず間抜けな声が出そうになったが、グッと堪《こら》えて彼女に視線を送る。

「面白かった」

「うん、華ちゃんも上手になってた」

素人的には、華ちゃんの昔との違いがよくわからなかった。でも美依奈が言うのは、それだけ努力を重ねてきたということだ。結果ではなく過程。ここに至るまでの自分磨きを評価している。きっと、サクラロマンス時代もそうやって励ましていたのだろう。

公開されて少し経っていたせいか、空席もチラホラ見受けられた。それでも悲観するような内容じゃなかったし、一定の評価を得られるのではないか。

「演技の勉強とかやってたのかな」

「きっとそうだと思う。あの子は、いつか役者さんになりたいって語ってたから」

サクラロマンスのファンだった頃は、美依奈《桃ちゃん》以外のメンバーのこともある程度は追っかけていた。気がついた時に雑誌を買ってみたり、出演したテレビ番組を録画して見たりする程度だったけど。

その中で、華ちゃん、村雨華はクールな最年少メンバーだった。時々見せる笑顔が綺麗で、でも実は天然な一面がある。そんなギャップにやられたファンも多かった。

歌声も悪くはないが、あの独特な雰囲気は確かに役者向きかもしれない。グループ内でも一番演技が上手だったが、美依奈の評価を聞く限りかなり成長しているようだった。

「すごいなあ」

心の底から感激した、と聞かれればそうではない。

ただ、彼女の回答に答えたぐらいの軽い気持ちで。

「ごほん」

こんなにも分かりやすいオノマトペがあるのか——。と言わんばかりの咳払《せきばら》いが聞こえる。視線を落とすと、呆《あき》れたような彼女が居る。

「いや、美依奈には敵《かな》わないよ」

「合格です」

嫉妬深い彼女である。付き合ってみてよく分かる。無闇に他の女性を褒めてしまえば、百の理由を探す羽目になる。それはつまり、自分以外褒めるなと言われているようなものだ。まあ良いんだけど。可愛いし。

こんな会話をしているが、上映中は、それこそ何もなく黙ってスクリーンに集中していた。よくあるちょっかいの出し合いとか、小声で何か言い合ったりとか、そういうのは一切なくて。こらえていた何かを吐き出すみたいに会話が進んだ。

「とりあえず、お昼食べようか」

腕時計に視線を落とすと、ちょうど正午前だ。これからいろんな飲食店のコアタイムを迎える。行動が早いに越したことないし、深く考えず提案した。

すぐ賛同してくれると思っていたが、僅かな間《ま》が俺たちの間に生まれる。すると彼女は、変装用のメガネをクイッとあげてみせる。

「一つ相談があるの」

「相談？　なんでもどうぞ」

「一旦、家に戻っても良いかな？」

「忘れ物？」

思わずそう問いかけたが、彼女は「まあそんな感じ」と煮えきらない返事をする。普通に考えたら忘れ物だろうが、わざわざ取りに戻るぐらいのモノといえばなんだろう。スマートフォンとかか？

池袋駅から最寄りの西荻窪《にしおぎくぼ》駅までは30分程度かかる。純粋に時間の無駄遣いに思えてしまったのだ。

「時間もったいないなぁ、って思ったでしょ」

「ま、まあ……」

「ふふ。ありがと」

別に感謝されるようなことはしていない。むしろネガティブな思考に染まっている。でも彼女はなぜか楽しそうにしている。

「お昼ご飯なんだけど」

「うん？」

「私、作ろうかと思ってて」

「……なんですと」

胸が高鳴った。俺がいつの日か願った、彼女の手料理である。

控えめな胸元を少し張って、得意顔をしている。マスクをしていても、その奥の表情はすごく分かりやすかった。

「これから戻るのは少し面倒だけど、映画は一緒に見たかったから」

「そういうことなら戻ろうか」

「うん。ありがとう」

まさかのお誘いだった。いや、別になんの違和感もない。俺と美依奈は付き合っているんだし、不健全と言われる年齢でもない。必要以上にビビる必要はない、うん。それに、彼女もいやらしさのかけらもない返事をする。俺だったら絶対声が上ずっていたよ。緊張でお昼ご飯どころじゃなくなってた。

「なに振る舞ってくれるの？」

「内緒ですっ」

不思議と、そういう変な動揺はなかった。純粋に美依奈の手料理が楽しみだし。食べたあとはまったり過ごすのも良いし、お出かけしても良い。

映画からのお家《うち》デートって、すげえ充実してるな、俺。それに面と向かって美依奈と話す機会もなかったから、彼女の提案は素直に嬉しかった。

☆　★　☆　★

「適当に座ってもらって良いからね」

「お、おう」

冷蔵庫から麦茶を取り出して、テーブルに優しく載せる。一緒にやってきた水色のコップは、すごく可愛らしかった。

座布団が二つ置かれていたから、片方に腰を下ろす。提案してきたぐらいだから、それだけ用意してくれていたみたいだ。彼女の厚意を断らなくて良かった。

さっきまで空腹は感じていたが、家に入った途端消え失《う》せた気がする。緊張感が胃の中を覆い尽くしている感覚がして、少しさみしい。

彼女の家に来たのは2回目だ。最初に来たのは、それこそ約1ヶ月前。美依奈が体調を崩して、お見舞いに来たとき以来である。

その時はあまり余裕がなかったのが本音だが、今は少し違う。キッチンで料理をしている彼女を横目に、視線だけ部屋を行ったり来たり。白を基調としていて、一人暮らしにはちょうど良い液晶テレビが俺の後ろにある。

あまり女の子らしさがない。桃色のクッションとかが置いてあっても不思議じゃなかったけど、少なくともリビングは普通だ。俺が住んでいると言われても通じるぐらい。

俺の右斜め後ろには扉がある。ここがおそらく寝室だろうな。流石《さすが》に入る気にはなれないが、花の蜜に吸い寄せられる虫みたいな感情は消えない。

「あんまりジロジロ見ないでねー」

「あはは。分かってるって」

キッチンからはバッチリ俺の姿が見える。時折飛んでくる言葉にひやりとするが、普通にしておけば問題ないだろう。

スマートフォンに視線を落とす。午後1時前。食べたあとはどうしようか。そんなことを考えていると、炊飯器から炊けた音が鳴る。同時に、油がジュワリと鳴っている。

ある程度付き合ったカップルなら『なに作ってるのー』なんて聞きながら、腰に抱きつくことだってあるだろう。いましてしまったら、俺は色々と大変なことになるので、絶対にキッチンへは行かない。彼女には申し訳ないが、今日はスマートフォンで時間を潰させてもらうことにした。

それから10分もしないうちに、美依奈がリビングに出てきた。1枚のプレートを手に持っている。

「おまたせしました」

「おぉ……」

手元に置かれたソレは、香ばしい香りを放っている。それでいて、さっきまで消えていた空腹感を呼び戻していく。すごく見慣れたモノなのに、醸し出されるこの特別感。山元美依奈が作ってくれたという事実が、俺の瞳をぼかしている。

絶対美味《おい》しいじゃん、こんなの。食べずとも分かる。続けてやってきた白米は輝いていて、相性の良さをこれでもかと見せつける。やがて、彼女は俺の目の前に腰を落とした。

「本当ありがとう。絶対美味しいよこれ」

「う、ハードルあげないでよぉ」

「大丈夫大丈夫。本当に美味しいから」

食べた奴《やつ》の感想みたいになったが、そういう確信があるのだから仕方がない。

こんなにも美味しそうなハンバーグに出会ったのは初めてだ。「いただきます」と手を合わせると、美依奈は「どうぞ」と続く。フォークで肉塊を切ると、肉汁が溢《あふ》れた。そのまま口に運ぶ。

「――」

美味《うま》い。豚肉の旨味《うまみ》が口に広がって、味覚が喜んでいる。勢いのまま、白米を掻《か》き込む。うめぇ。男子高校生に戻ったみたいで、思わずその流れを３ターン繰り返してしまった。

すら思える。

一方、彼女は丁寧に切って口に運んでいる。あまりにも上品過ぎて、自分の食べ方が汚く

「ふふっ」

「あ、ごめん！　つい美味くて……」

「いいの。本当に美味しそうに食べてくれてるから」

まあ、下手に言葉で伝えるよりは良かったのかもしれない。口ではなんとでも言えるし、態度を誤魔化《ごまか》すことだって無理ではない。実際に食べきってしまうというのが、作ってくれた人に対するお礼なんだな。

「でも本当に美味しいわ。このハン――」

けれど態度だけではだめだ。言葉で伝えないと、伝わらないことだってある。そういうコミュニケーションを怠ってしまえば、いつかしわ寄せが来てしまう。それはお互いにとって良くないことだし、少なくとも俺は避けたいと思っている。

そう思って紡ぎ出した俺の言葉。でも、言い終わることはなかった。彼女の言葉が重なってしまったからである。

「美味しくできて良かったぁ。ミ、ミ、ミ、ミートローフは難しいんだよねぇ」

……ん？　聞き慣れない言葉が耳を抜ける。

ミートローフ？　何だソレ。ハンバーグの別称か？　ミート、っていうぐらいだから料

理のことを指しているはずだが。

「あ、吾朗さんも何か言わなかった？」

「え、あ、いや、本当に美味しいって言っただけ」

「そっか。えへへ」

めちゃくちゃ可愛《かわい》い。だからこそ、余計に気になってしまう。なんだミートローフって。聞いたことないぞ。

「あ、ごめん。親からメッセージ来てたから返事するね」

「うん！　大丈夫だよ」

すまない美依奈。俺も嘘《うそ》は吐《つ》きたくないが、君を傷つけたくない。

スマートフォンで打ち込むのはメッセージではなく「ミートローフ」というカタカナ文字である。

２秒後、映し出された画面にはその正体が現れた。どうやら塊状のひき肉を調理したもの、らしい。いや、それハンバーグじゃないか。

なんて思ったが、どうも調理法とか色々と違うらしい。それに見た目も、丸よりは四角形に近い。だが、今目の前にあるのは前者。俗に言われるハンバーグである。

「大丈夫？　すごい深刻な顔してたけど……」

「何でもないよ。いつ帰ってくるのかうるさくてさ」

「心配かけちゃだめだよ？」

「分かってます」

スマートフォンをズボンのポケットにしまう。とにかく、美依奈はミートローフを作ってくれたらしい。さっきのサイトには『ハンバーグに似ている料理』と表現されていたから、俺がさっき言いかけた言葉は地雷だったというわけだ。

でもどう見てもこれ……ハンバーグだよなぁ。たしかに蒸し焼き感は強いけど、形がいかんせん違いすぎる気が。

「どうしてミートローフにしたの？」

それとなく本人に聞いてみる。普通に考えたらハンバーグで十分なわけで。わざわざミートローフにこだわる理由もないだろう。

「色々考えたんだけど、ちょっと挑戦してみようと思って」

「へえ。すごいよ。その気持ち」

「えへへ。でも形が丸くなっちゃったから、失敗だよ」

「再挑戦したら良いじゃん。今度は俺も一緒に作ってみたいし」

「ありがと」

そんな会話をして、白米を平らげた。ミートローフだろうがハンバーグだろうが、とっても美味しかったんだから問題ない。美依奈がおかわりをついでくれると言うから、素直に甘えることにした。

　ちょうどその時、ズボンのポケットにしまっていたスマートフォンが震えた。彼女がキッチンに消えていたから、気にせず引っ張り出す。画面には母親の名前が浮かんでいた。なんちゅうタイミングだよ。

「美依奈ごめん。母ちゃんから電話来たから、ちょっと出ていい？」

「あ、うん！」

　立ち上がって、窓際に寄る。カーテン越しにベランダが見えるが、あまり覗《のぞ》き込むのはよろしくないだろう。咳払《せきばら》いをして、通話ボタンを押す。

「もしもし？」

　思えば、随分久々に電話をした気がする。向こうの声色は落ち着いていて、身内に何かあったわけとかではなさそうだ。

　話を聞くと、俺がさっき美依奈に吐いた嘘と同じ内容だった。夏は帰ってくるのか、帰ってくるならいつ頃か、と。まだ決まってないと言うと、決まったら教えてくれと釘《くぎ》を刺される。いつもそうしているだろうに。

「え、今？」

　ふと、いま何をしているのかと聞かれた。少し動揺したが、何も慌てることはない。素直にお昼ご飯を食べていたと言えば良い。美依奈のことを説明するのは、もう少し先になっても大丈夫だ。

「昼飯のハンバーグ食べてたよ」

瞬間。後悔。完全に無意識だった。

おそるおそるリビングに視線を送ると、美依奈がテーブルにおかわりの白米を置くところだった。

あ、めっちゃこっち見てる。めっちゃ口元は笑ってる。でもすごい怖いし、悲しそう。

よし、言い訳をしよう。つい出てしまっただけだと。母親は「ミートローフ」なんて言葉知らないと。

☆　★　☆　★

「これからどうしようか。どっか出かける？」

「ミートローフの練習でもしたいな」

「お、怒んないでよ」

「怒ってません」

「じゃあ拗《す》ねないでよ」

「拗ねてもないの！」

昼ご飯を食べ終え、ソファの上で体育座りをしている彼女。俺の失言にめちゃくちゃ怒っているのかと思ったが、そういうわけではない。自分の作った料理が想像通りにならなくてムカついているのだ。

山元美依奈はかなり負けず嫌いである。思い返せば、最後の握手会。俺が告げた『本当は、アイドルやりたいんじゃないの？』という言葉。図星を突かれたから、悔しくて俺に連絡を寄越《よこ》してきた。SNSの裏アカウントを使ってまで。

でも、そのぐらいじゃなきゃ生き残っていけない世界でもある。サクラロマンス時代に求められていた役割と今は違う。自分のために、エゴイストになったっていいんだから。それをプライベートにまで持ってこられると、少し辛《つら》いが。

「このままお家《うち》デートする？」

「……あんまりうろつけないし」

「まあ、確かにね……」

宮夏菜子《みやかなこ》は許容してくれたが、責任を負うわけではない。責任という文字は、俺たちにかかってくる。社会人として当然のことだが、いざのしかかると自由を奪うには十分すぎるぐらい重たいモノだった。

俺はともかく、彼女への影響は少なからずある。脱退の影響が少なかった反動で、彼氏持ちでアイドル復帰なんて甘い話を世間は許してくれるのだろうか。山元美依奈としての活動に支障が出てしまうのなら、俺は——。

「吾朗さん」

なんて考えていたら、美依奈の綺麗《きれい》な声が響いた。

「どうした？」

「私の面倒なところ、これからいっぱい出てくると思う」

急に何を言い出すのか。でも、俺だって将来のことを考えていたから、人のことは言えないな。まだ言葉が続きそうだったから、素直に耳を傾ける。

「それでも一緒に居てくれる？」

「当然。覚悟の上です」

そうは言うが、行動として示しようがないのもまた事実だった。

彼女の雰囲気は、少し暗くなっている。自分の世界に入り込んでしまったようだ。

このままここに居ると、せっかくの休日が切ないモノになってしまう。やっぱり外出したほうがお互いのためになるはずだ。

食後のインスタントコーヒーを飲みながら、必死に思考を覚醒させる。目立たずに外出となると、やっぱり人が少ない場所に行くのが一番だ。でも郊外になれば電車移動も増える。

いや……電車じゃなければどうだ。それこそ、レンタカーを借りて少し遠出するのも面白い。まだ午後2時前。夜の6時ぐらいまでに戻ってくれば、美依奈の負担も少ないはずだ。


「なぁ美依奈」

「なに？」

「海を見に行こう」

「う、海？」


彼女は驚いた。それもそうだ。今は4月。海開きはまだまだ先の話なのに。俺の提案は非常に突飛なものに思えただろう。

でも、眺めるだけで悩みが吹き飛ぶことだってある。自然が生み出すエネルギーみたいなモノが、ヒトの心を溶かしていく。美依奈だって、きっと何かを感じるはずだ。そして、それを見守るのが俺の役目でもある。


「どうやって？」

「駅近くでレンタカー借りてくる。美依奈は準備してて」

「ほ、ホンキ？」

「当然。たぶん寒いから、羽織れるモノあった方が良いよ」


ここはゴリ押しするべきだと、勝手に判断した。下手に彼女の意見を聞いていると何も決まらずに時間だけが過ぎていきそうだったから。「家の前に着いたら連絡する」とだけ告げて、部屋を出た。

駅までの道のり、色々考えた。これで良かったのか、あのままずっと考え込ませれば良かったんじゃないか、とか。本当にいろんなことを。駅が近づくにつれ車の空き状況が気になったし、どこの海に連れて行こうかとも考えた。

店舗に入って確認すると、奇跡的に1台空きがあった。普通車で、乗り心地も悪くない。美依奈の負担になってしまっては意味がないから。

免許証のコピーを取り、サインをして、鍵を受け取った。利用時間は、念のため夜の8時までに設定した。久々の運転だったが、ペーパーという自覚はない。帰省した時は絶対運転するし、レンタカー自体に乗る機会も少なくなかったからだ。

3分程度走ると、美依奈のマンションが見えた。

玄関前に駐車して、メッセージを送る。15分ぐらい待たせてしまったが、準備する時間としては十分だろう。すぐに既読マークがついて『いまから下りるね』と絵文字付きの返事が来た。

1分もしないうちに彼女が姿を見せて、さっきまでと同じようにマスクと眼鏡姿。でも手には少し厚めのカーディガンを持っていた。不思議そうな顔をして、助手席に乗り込んでくる。

「本当に行くんだ」

「俺はやる男だからね」

「……楽しみ」

行く場所は決めていないが、なんとなくのアテはあった。

ここからだいたい1時間程度の距離。途中いろんなところに寄りながら、と考えても十分にゆとりがある。

☆★☆★

神奈川県の南の方まで車を走らせること1時間半。目的にしていた海に着いた。

すぐ近くの駐車場に車を停《と》める。周りには数台しか停まっていなくて、夏のにぎわいを微塵《みじん》も感じなかった。

美依奈も少しウトウトしていたが、眠ることなく俺の会話相手を務め上げた。寝て良いよと言っても、聞かない頑固さもまた可愛《かわい》らしくて、素直に受け取った。

海開きをしていないため、当然入ることはできない。でも今日の目的はそうじゃなくて、ただ眺めることにある。砂浜に降りたって、春の潮風を浴びる。ぶるりと震えそうになったが、彼女は持参したカーディガンを羽織っている。袖は通していない。落ちないように手で押さえているその姿すら、なぜか色っぽく映ってしまう。

る。

「綺麗」

俺の言葉ではない。もうすぐ沈もうとしている太陽が、海の奥、水平線の上で揺れてい

その光景をたった一言で言い切ってしまうのは、少しもったいないかもしれない。でも

彼女のソレは、感情の物足りなさを全て補ってくれるぐらいに、深くて味のある言葉であ

った。

「人も少なくて良かった。リラックスできるね」

「うん。ありがとう」

彼女はチラリと周りを見て、マスクと眼鏡を外した。綺麗な顔立ちが姿を見せて、また

俺の心臓は高鳴る。

あぁ、この子を独り占めできるんだ。俺は。誰にも渡したくない。渡してたまるか。思

わず握りこぶしに力が入る。

風は冷たいけれど、体温が上がっているせいで無駄に心地が良かった。俺の隣に立って、

ただ目の前に広がる海を眺めている。

「海見たの、久しぶりだな」

ポツリ。雨粒みたいに溢《こぼ》れる独り言。

撮影とかで訪れることはあるだろうに。プライベートで来たのは久しぶり、ということ

だろうか。

　いずれにしても、二人だけの世界に浸っている。そんな優越感が俺の中で芽生える。

「たまにはいいでしょ。こういうのも」

「うん」

　たった一言の返事だったけど、俺の言葉に心から賛同してくれている。素直にそう思えた。二人並んで、ただ目の前を見つめるだけの時間。ただ波の音が砂浜を削る。

　誰もいないこの空間、時間。一生続けば良いのに、なんて考えてみても、切なくなるだけだから。潮風に乗って一緒にやって来る甘い匂いは、頭をしびれさせる。

「私ってすごく面倒だよ」

「知ってる」

「そんなことないよって言って欲しかったな」

「ははっ。そういうところでしょ？」

「もうっ」

　今のは彼女も分かって言っていた。ただの軽快なやり取りである。

　ひゅるりひゅるりと、立て続けに風が吹く。砂浜の不安定感で、少しだけよろけてしまいそうになる。彼女はただ黙って、海を眺めたまま。

　そう思ったのも束の間《つかのま》だった。鼻をすする音とともに、ほんの少し荒くなった呼吸。思わず視線を向けると、しずくが頬《ほお》を伝っていた。

「美依奈……？」

「ご、ごめん……なんか、うん」

いまは何も言わないで良いと思った。それ以上、無理して言葉にする必要なんてないんだ。俺にだって言いたくないこともあるだろう。自分一人で抱え込んでしまうクセがある子だから。でも、吐き出した方が楽になることだってある。

涙は少し流れたぐらいで、すぐに止めてみせた。必死に強がってみせる君のことがたまらなく愛《いと》おしくなって、俺は思わずその細い手首を握っていた。

「大丈夫だから」

「意地悪言うくせに」

「正直者だと言って欲しいな」

「ばか」

そんなことを言いながらも、彼女は手を振り払おうとしなかった。

羽織ったカーディガンが飛ばされそうになったから、美依奈は反対の手で押さえている。その様子はすごく色っぽく見えて、この状況の異質さを理解するきっかけになった。

あまりにも近かった。気がつくと俺は、美依奈のことしか視界に入らなくなっていて、彼女の手首を通じて熱が全身に広がっていく。同じようにドキドキしてくれていると思うと、すごく心が躍った。

美依奈の視線が、俺の瞳を覗《のぞ》き込む。心の中まで潜り込んでくる彼女のハートは、一瞬にして俺の心臓を貫いていく。

このまま彼女に飲まれていく。どこまでも、深く、深く——。近づいていく心。俺だけじゃなくて、彼女も磁石みたいに少しずつ、少しずつ。甘い果実のようなハートが唇へ。

「っ、で、電話だ……」

——否。お決まりみたいに、それは他人の電話に邪魔された。

美依奈のスマートフォンである。初期設定の着信音が浜辺に鳴り響き、雰囲気が一気に現実世界に引き戻される。

「……出た方が良いよ」

「う、うん。そだね……」

彼女はワンピースのポケットからスマートフォンを取り出して、耳に当てる。俺から少し離れて、作った声で話している。

あのまま電話が鳴らなければ、きっと今ごろ……。人が居ないとはいえ、外でまさかあんなことを——。冷静に考えると、恥ずかしさで顔から火が噴き出しそうになる。それを自然に思えてしまうぐらい、目の前の彼女に夢中になっていたということか。恐ろしいな、本当に。

先ほどよりも沈んだように見える太陽を眺めながら、思わず砂浜に腰を落とした。色々と力が抜けてしまった。しばらくは何も考えずに、ただこの世界に浸っていたい。

「はいっ」

「え？」

「代わってくれって」

そんなことを考えていたのに、彼女は俺の目の前に立って、スマートフォンを手渡してくる。意味が分からなかった。なぜ美依奈の電話に俺が応対する必要があるのだろうか。いや、ていうか相手は誰だ。全くの他人と会話させるほど、彼女は怒っているというのだろうか。

まあ……いいか。今だけは、この甘い毒のせいで麻痺《まひ》している頭に従おう。彼女にも何かしらの意図があってそうしているはずだ。おとなしく受け取って、耳に当てる。

「もしもし？」

『ウチの所属アイドル泣かせといて随分冷静なのね』

何も考えなかったことを後悔した。そうだよな。俺と彼女で共通している知り合いと言えば、宮夏菜子一択になる。マスターとか藤原《ふじわら》とかも居るが、こうして電話してくる相手は彼女ぐらいだろう。

山元美依奈は、ニヤニヤしながら海の方へ走っていく。太陽のせいで逆光になっている。

でもそれ以上に、あまりにも様になっていた。カーディガンを俺の前に脱ぎ捨てて、ワンピース姿で砂浜をはしゃぐ一人の少女。風に揺れる長くて綺麗《きれい》な黒髪。それはあまりにも美しくて。

わずかに見えた口元は舌を出していて、小さく形を変えていく。

――お返しだよ。ばーか。

俺に対する可愛い文句が聞こえてきた気がした。

宮さんの誤解を解き終わったころには、すっかり空は橙色《だいだいいろ》に染まっていた。

何事《し》もなかったように「帰ろうか」と言ってくる君の意地悪さに呆《あき》れつつも、幸せを噛《か》み締める自分が居て、少し嬉《うれ》しくなった。

12th Song! Song! Song!

一週間前のあのデートは、いつまでも俺の心の中で跳ねている。一人でいつもの喫茶店。休日の午前中。もし連絡があった時のことを考えると、家に居るよりは動きやすいと思ったから。

「高校生はタバコ吸っちゃダメだぞ」

マスターが突拍子のないことを言ってきたけれど、それは嫌味《いやみ》だとすぐに分かった。

「これでも、33年生きてきたんですけどね」

「見てるこっちが照れる」

「あぁそう。なら別にそれで」

「僕なんかと話す気にはなれないってか。ひどい男だね。女が出来るとすぐそれだ」

藤原《ふじわら》みたいなことを言うな。この人も。

「別にいいだろ」

本当に何も考えていなかった。ただ彼の言葉を無視するのは気が引けたから、咄嗟《とっさ》に出てきた思考をそのままの形に紡いだだけ。

だが、それが彼には可笑《おか》しかったらしい。

「そうだねぇ」

嘲笑《あざわら》うような顔で、俺の表情を汲《く》み取ろうとする。そしてその意味は、俺の頭の中にすぐに浮かんできた。同時に、口走ってしまったことを理解する。

「あぁ、いや。変な意味じゃなくて」

「へぇ。ならどんな意味さ」

「……まぁ言葉のままだよ」

「なんだそれ」

俺が言い返してくると思っていたらしく、その反応に拍子抜けしたらしい。別に言い争いをしたいわけじゃない。このソワソワ感を何とか誤魔化《ごまか》したくて、このタバコとBGMに身を任せているだけだ。そこにマスターの茶化《ちゃか》しは入っていない。

「覚悟決めたんだね」

そんなことを言ってくるから、すっかり短くなったタバコを口にして、思い切り煙を吸い込んだ。感情を吐き出す代わりに、煙を空気中に吹いて。

「ん、まぁ」

否定するのは違うと思ったから、素直に飲み込んだ。恥ずかしさを揉《も》み消すみたいに、タバコを灰皿に押しつけて。ジュワリと音を立てて崩れていくソレは、俺の心とは正反対な気がした。

「あの子、可愛《かわい》いよねぇ」

「……急にどうしたんすか」

「いやいや。知らない子じゃないし、素直にそう思っただけだよ」

いきなり否定形から入るということは、何か思うところがあるということじゃないのか。まぁいいけど。

思えば、彼女と仕事の話をしたのもこの場所だ。アレがなかったら、今のこの瞬間は無かった。そう断言出来るぐらいには、ターニングポイントだったはずだ。

「長居するんならコーヒーのおかわりでもしてくれ」

「はいはい。分かったよ」

長居するも何も、今日の予定は無い。彼女だって仕事だろうし、こうして暇を持て余している。これから何をするか考える時間と捉えてもらうのが一番だな。

マスターの要求を飲んだというのに、彼はため息を吐《つ》いている。他に客居ないんだから別にいいだろう。ただ口論したくないから何も言わない。

そんな彼と同じように顔をドアの方に向けた。カラリと鳴ったベル。来客を知らせる音色が聞こえたからである。

「……え？」

「あら」

姿を見せたのは、俺もよく知っている人物だった。同時に、どうしてこんなところに来たのかと疑問が頭に浮かぶ。

「はぁ。また来たのか」

「歓迎されないのね。私って」

「お金落とすなら何も言わねえよ」

「あら、そんな態度には見えなかったけど」

宮夏菜子《みやかなこ》は、俺と二人分間隔を空けて座った。カウンター席である。マスターと軽口を叩《たた》く様子を見る限り、知り合いなのだろうか。それとも常連か？　俺も結構な常連だが、顔を合わせたことはない。一体何なんだ。

「はい、おかわりコーヒー」

「あぁ、どうも」

二杯目ではあるが、鼻を抜けるこの香りは飽きないな。無論、口に入れるとその味は体の奥に染み渡っていく。

「新木《あらき》君は常連なんでしょ。ここの」

「ええ、まぁ。宮さんはどうして？」

「単純にコーヒーが飲みたかったからよ。それに、タバコも吸えるし」

確かにそれはよくある理由だと思う。でも会話を聞いていたマスターが顔を顰《しか》めたから、多分違うんだと思う。この人はマスターにどんな嫌がらせをしているのだろうか。

タバコを吸える喫茶店なんて、調べれば割とたくさん見つかるのに。ここじゃなくて良いだろうとツッコみたくなる自分が居た。

「……ねぇダメなの？」

「だから何度も言ってるだろう。今の僕にそんな力は無いと」

二人の会話に聞き耳を立てるつもりは無かったけど、耳を塞いでいるわけでもない。仮に塞いでいたとしても、聞こえるぐらいの声の大きさである。

宮さんもそうだけど、マスターの語気は割と強めだ。何の話をしているのかは知らない。でも彼があんな態度をしているのを初めて見た気がしたから、少し可笑しかった。

お邪魔なようだし、このまま帰りたかったけど、二杯目のコーヒーはまだ冷めそうにない。あまり熱いモノに強くもないこの舌には、少し酷な状況である。

マスターは俺の方をチラチラ見てくる。聞かれたくない内容なのかもしれない。人間一つや二つそんなこともある。だからコーヒーを持ってテーブル席に移ろうとしたけれど、彼女がそれを遮ってきた。

「新木君は知ってるの？」

「……何をですか？」

宮さんの問いかけに、マスターは盛大なため息を吐いた。ということは、彼に関連する何かのことだろう。

生憎《あいにく》、何にも知らないと言っていい。長く通ってはいるけれど、名前だって知らない。ずっとマスターで通っているから、別に本名で呼ぶ必要性を感じなかったのだ。

「おい」

「ごめんなさいね。でも、彼は知ってても良いと思うんだけど」

「……面倒なことを連れ込んでくるな。相変わらずお前は」

「最高の褒め言葉ですよ」

やはり知り合いなのだろうか。それも、ずっと昔から知っているみたいな会話である。それを具現化するみたいに、宮さんはクスクス笑って言葉を紡いでみせた。

「お願いをしてたの」

「お願い？」

「そう。ミーナちゃんのデビュー曲。その歌詞を書いてくれないかってね」

宮さんの言っている言葉の意味は、ひどく単純なモノであると分かっていた。けれど、今の状況やこれまでの関係を鑑みて、素直にソレを飲み込むことが出来ない。

「歌詞……？　え？　それを、マスターに？」

そのせいで頭の上にクエスチョンマークが浮かんでしまった。宮さんはクスッと笑って頷《うなず》いてみせる。

「ええそうよ」

「……なぜ？」

俺の疑問を認めただけでは、根本的な解決になっていない。追撃のクエスチョンを彼女にぶつけてみると、それを聞いていたマスターが大きなため息を吐いた。

「別にいいだろ」

「よくないっすよ。気になるし」

「はぁ。全く」

その呆れ顔は俺じゃなく、宮夏菜子に向けられていた。そりゃそうか。彼女が居なきゃ話題にすらならなかったのだから。少し同情すらしてしまう。

そもそもの話、俺はプライベートのマスターをあまり知らないのだ。余計なことを知ってしまえば、居心地の良かったこの空間が、そうじゃなくなってしまう気がして。

というより、あまり興味が無かったというのが本音だ。自分から話そうともしなかったし、俺から聞くことでもないだろうと。

「そういう仕事をしてたってこと？」

試しに聞いてみる。話の流れを考えればそういうことだろう。実は過去に作詞家だった、と考えるのが自然なカタチである。

でも確かになぁ。言われてみれば、独特な言い回しをすることも少なくなかった。それで納得できるだけの材料とまではいかないが、彼の持つ雰囲気が俺の思考をそう結論付けていく。

「そういうこと。冴《さ》えてるじゃない」

「あぁなったら誰でも分かりますよ……」

宮さんは相変わらず俺のことを馬鹿にしているようだ。別にいい。もうここまで来れば慣れたモノだし。

チラリとマスターの顔を見ると、苦そうに笑っている。恥ずかしい過去を曝《さら》け出された子どもみたいに。隠していたのかどうかは分からないけれど、俺に言わなかったということはあまりポジティブな意味合いは無い気がした。

「マスターにそんな裏の顔があったとは」

「うるせ。ほら、コーヒー冷めるぞ」

「分かってますって」

あからさまに話を逸《そ》らすあたり、やはり触れられたくない話題なのかもしれない。そこにズケズケと踏み込んでいくのが宮夏菜子なのだが。

言われた通りコーヒーに口付けると、もうすでに少し冷たくなっていた。お陰でマスターと顔を合わせづらくなって、視線を下に向けるしかなかった。

　宮さんが吸う加熱式タバコの匂いが漂ってくる。紙に比べてタバコ感の無い香り。吸ってみたいとは思うけど、どうも俺には合わない気がする。なんとなくだけど。

「というか、お二人って知り合いだったんですか？」

　彼女に向けて疑問をぶつけた。ここに入って来た時点で聞こうと思ったことでもあった。ただの知り合いにしては、軽口の度合いが強い。顔見知り程度、というわけではないだろう。客観的に見てもそう思える。

　加熱式タバコの煙を天井に吐きながら、彼女は横目で俺の顔を見る。黙っていれば美人なんだけど、いかんせん口が悪いからなぁ。それにしても、本当にいくつなんだろう。藤原との会話を思い出しては、込み上げる笑いを必死に堪《こら》える。

　マスターは俺たちから少し離れた場所でグラスを拭いている。会話は聞こえる範囲らしく、チラチラと俺たちの方を確認する素振りを見せた。

「そうね。昔から知ってる」

「……どういう関係なんです？」

「どうって、仕事仲間よ」

　となれば、気になるのはマスターの前職だ。でもこれを宮さんに聞くのはどうだろう。彼に直接聞かないと、あまり良い気はしないんじゃないか。

「あの、昔何してたんです？」

俺の右斜め前に立っている彼に問いかけると、拭き終わったグラスをコトンと置いてため息を吐いた。チラリと宮さんに目配《めくば》せをして、それ以降は何もしなかった。

「北條輝《ほうじようてる》って知ってる？」

おそらく人の名前だろう。と言うのも、初めて聞いた名詞だったからそうなったわけで。彼女の問いかけに首を横に振ると、少し残念そうに笑った。

「それが彼の名前。もう一つの」

「もう一つ……ペンネーム的な？」

「そういうこと。まぁでも、本名を少し変えてる程度なんだけどね」

それを本人じゃなく、宮夏菜子から聞いているこの状況も可笑《おか》しい。その北條さんは目の前に居るというのに。

彼はどこか観念した様子で、ため息を吐いている。彼女の強引さは本当に末恐ろしい。でもまぁ、あんな会話を聞かされたら言い逃れ出来ないだろうが。

「……作詞家だったんだよ。僕」

ここでようやく、マスターが口を開いた。彼にそんな過去があったというのに、不思議と驚きは無かった。

彼の持つ独特の感性や言葉遣いを、僅かながらに知っていたからだと思う。年の割に若々しい見た目をしているのもあるだろうけど、俺の胸の中にいた違和感がようやく具現化したみたいな気持ちよさすらあった。

「若手のホープだったの。案の定、１９８０年代の楽曲を彩る上で欠かせない存在になってね」

「本当に凄《すご》い人じゃないですか」

感嘆していると、彼女は少し嬉《うれ》しそうに笑った。

「そうね。でも、パッタリと書かなくなった」

「……どうして」

この問いかけは宮夏菜子じゃなく、マスターに向けて。彼は紙タバコを吸いながら、カウンターに寄りかかるよう俺に背を向けていた。まるで顔を合わせたがらない子どもみたいに。

タバコの煙が天井に上がっていく度、頭の中にある言葉が一つ一つ欠けていく。そんな虚《むな》しさに溺れてしまったような、弱々しいマスターがそこには居た。

「分かりやすく言うと、ノイローゼになったんだ」

声まで弱々しい。だから何も言えなかった。反応が無かったからか、彼は笑ってこちら側を向いてくれた。タバコの火はもうすぐ消えそうだ。

「ま、今は何も無いけどね。それを仕事にしなくなったから」

「……言葉が出てこないとかですか？」

「ん、まぁ、そういうの。眠れなくなったり、吐き気とかも酷《ひど》かったな。あの頃は」

要は精神的なストレスということか。ノイローゼ自体がそういうモノだろうし。ただ、そんな人に彼女はどうして話を持ちかけているのだ。しかも、あの口ぶりなら間違いなく知っていたはずなのに。

「彼しか居ないの」

思わず彼女の顔を見た。案の定、俺の方を見ていて、心を読まれたとため息を吐《つ》く。どうしても顔に出てしまうらしい。宮夏菜子に対するあまり良くない感情とやらが。

「でもマスターの体を考えると、それは」

「分かってる。無理を言ってしまうのだって、重々承知の上よ」

作詞家こそ、別に彼じゃなくていいはずだ。有名な人も居るだろうし、それこそネットで募集掛ければそこそこの人数が集まることだってあるだろう。

でも、それをしないだけの理由があるとしたら。それは——割と単純なモノなのかもしれない。

「彼の書く詞が好きなの。私は」

「好き」という感情に勝るアクセルは無いのだな。結局、こだわりというのは人間の好意の集合体であって、そこに深い意味なんて存在しない。

ただ好きだから。嫌いだから。直感と呼ばれる感情に身を任せて判断することだって少なくないのだ。たとえそれが、他人を動かす重大なコトだとしても。

「それはプロデューサーとしてかい？　それとも——宮夏菜子として？」

俺はマスターの詞を見たことがないから何も言えないけど、美依奈《みいな》には合うんだろうな。きっと。

宮さんは彼女のことを第一に考えている。個人の意見をここまで押すのも考えてのことだろう。その辺は全く心配していなかった。

彼の問いかけに、彼女は口元を緩ませた。カバンを持って立ち上がる。

「両方よ。北條さん」

そう言った彼女は、お代をカウンターに置いて、お釣りも受け取らずに店を出て行ってしまった。

張り詰めていた糸が切れたみたいに、マスターは盛大にため息を吐いた。何度目か分からないソレは、見ていて清々《すがすが》しいぐらいでもある。

「…………作詞、か」

そう呟《つぶや》いた彼を見ながら、すっかり冷たくなったコーヒーを飲み干した。清涼感が喉を抜けていくと、火照った頭が冷えていく気がした。

冷静になって考えると、俺の周りであまりにも色々なことが起きていることに気づく。

常連の喫茶店のマスターが作詞家だったとか、推しと一緒に週刊誌に載ったりだとか。

でもそのおかげで、今の俺は誰よりも君のことを好きになることが出来た。推していたあの頃よりもずっとずっと、見惚《みと》れるぐらいに。

だからこそ見てみたい。彼の詞で輝く彼女の姿を。今それを言ったら、皿洗いとかさせられそうだからやめておこう。うん。

☆★☆★

「ミーナちゃんは、どんな曲を歌ってみたい？」

事務所で一息ついていた私に、夏菜子さんは紅茶を啜《すす》りながら話しかけてきた。

テレビの前にあるソファに座っていたせいか、少し思考がボンヤリとしている。テーブルの上に置いていたコーヒーを口にして、頭を覚醒させる。

「そう、ですね」

考えていないわけじゃなかったけど、最近は撮影とかで忙しかったせいで言葉に詰まる。

サクラロマンス時代とは違って、完全なソロ曲となる。魅力を生かすも殺すも私次第。

曲に対する意欲がそのままカタチになってしまうことを考えると、少しぐらいワガママを言っても良い気分になる。

けれど正直、特にこだわりみたいなのはなかった。というのも、私が口出ししたところで売れるかどうか分からないし、専門家に任せた方が夏菜子さんにとっても良い方向に進むのではないか。

「素直に答えていいのよ」

「えっ？」

「難しく考えないで、自分の心に聞いてみて」

別に遠慮とかしたつもりはなかったけど、夏菜子さんの目には気を遣っているように見えたらしい。

コーヒーが入ったコップを持って、彼女が座っているテーブルに移動する。斜め前に座って、色っぽく頰杖《ほおづえ》をつく夏菜子さんを見る。

思えば、この人はいつも私を助けてくれた。彼とは違った意味で、ずっと隣に居てくれる。私のような事故物件を拾い上げるなんて、相当な変わり者であることは間違いないんだけど。

それでも、すごく嬉しかった。宮夏菜子という存在がなかったら、もう一度ステージに上がる機会は絶対に訪れなかった。吾朗《ごろう》さんと夏菜子さん。二人が居たから、私はここに居る。

「――恩返しをしたいです」

無意識に言葉が漏れた。夏菜子さんは頬杖をついたまま、少しだけ目を見開く。

「誰に？」

「夏菜子さんに」

「私？」

「だって、ここまで連れてきてくれたから」

私がそう言うと、彼女は頬杖をやめた。そして困ったように返答の言葉を探している。

「随分と抽象的ね。具体的には？」

「夏菜子さんが私に歌わせたい曲を、歌いたいです」

間違いなく、宮夏菜子にはその権利がある。サクラロマンス時代には曲の意向調査なんて無かったし、看板アイドルじゃない限り無いのが普通だと思っていた。

だからなんでも良い、とかじゃない。私の言葉は紛れもない本心で、夏菜子さんが喜ぶ顔を見たいと純粋に思った。今も平然としているけど、最近は夜遅くまで仕事をしているみたいだし、目の下にはクマが見える。

私のために動いてくれているのだ。ワガママを言っていいのは、私じゃなくて夏菜子さんの方ではないか。

「ホント、優しい子ね。あなた」

「そ、そうでしょうか」

微笑《ほほえ》みながら紅茶を啜っている。嬉しそうな夏菜子さんを見ていると、私まで嬉しくなってくる。尊敬しているが故の感情だろう。

「サクラロマンスとは正反対の曲調でいきたいと思ってる」

ドキッとした。彼女の口からグループ名が出てきたこともそうだし、何よりあの子たちをライバル視していることに驚いた。

「ということは……歌謡曲みたいな？」

「そう。最近ブームでしょ？　昔はソロアイドルが普通だったんだし、あなたにはそれが出来ると思ってる」

胸が高鳴る。グループアイドル全盛のこの時代に、ソロアイドルとして飛び込む。

もちろん不安はある。絶賛を独り占め出来る代わりに、否定的な声を一人で処理しなければならない。でもそれは、隣に彼が居てくれるから大丈夫。

「……うん。面白そうですね」

「意外と抵抗ないのね」

「親の影響で昔の歌はよく聴いていたので」

「昔、ね」

それがどうやら失言だったらしく、慌てて謝罪する。

「その、夏菜子さんは若く見えるじゃないですか」

「若くないってとこは否定しないのね」

「う、そ、そんなことは……」

年齢いじりは良くない思っていたけど、私の想像以上に気にしているみたい。黙っていたらすごく美人なのに、もったいないなぁ。

私が目線を逸《そ》らしていると、夏菜子さんは立ち上がって私を見下している。そこまで怒ることないのに。

「ちょっと来てくれる？」

「ご、拷問ですか？」

「私をなんだと思ってるの……」

手招きの姿が魔女みたいで――とは口が裂けても言えない。彼女は呆《あき》れたようにため息を吐いて、私に背中を向ける。そのまま歩き出したから、言われた通りに付いていく。

玄関の方に向かうけど、その手前で夏菜子さんは立ち止まった。目の前にあるのは扉。

私は一度も入ったことがない彼女の書斎だった。

「夏菜子さん？」

私が問いかけないと、中々ドアを開けようとしなかった。入りたいとは一言も言っていないけど、ここで立ち止まるということはそういうことだろう。

「不思議ね」

「何がです？」

「あなたの気持ちが、少しだけ分かった気がする」

そう言われたけれど、言葉の意味は分からない。思考を巡らせていると、彼女はドアレバーを下げて、ゆっくりと押す。ここから部屋の様子は見えない。

「入って良いよ」

「お、お邪魔します」

特に深く考えていなかった。書斎と言うぐらいだから、本棚があって私が知らない世界の本たちが空間を彩る。それが私のイメージで、それ以上でもそれ以下でもない。

でもそれは、一瞬にして崩れることになる。

「――」

目の前に広がるのは、想定通りの本棚と机。そばには、電子キーボードがあって、楽譜みたいな紙が乱雑に置かれている。人によっては、これが普通の光景かもしれない。でも、私は『ここが宮夏菜子の書斎』とは想像できなかった。

「ピアノ、弾かれるんですか？」

素朴な疑問である。私じゃなくても、まずはそう聞くだろう。使い古された雰囲気が感じられたから、返答は目に見えていたけど。

「まあ、ね」

それにしては、少し歯切れが悪かった。別に堂々としていれば良いのに、何か後ろめたいことでもあるのだろうか。

改めて部屋を見渡すと、几帳面《きちようめん》な夏菜子さんとは思えないぐらいの乱雑さだった。机の上には書きかけの楽譜が置いてあって、キーボードの周りにはヘッドフォンや丸められた紙が捨てられている。まるで、かつての文豪みたいに。

「ねぇミーナちゃん」

「はい？」

「私が歌って欲しい曲で、良いのよね」

再確認の意味も込められた問いかけだった。否定する理由もないから、素直に頷《うなず》く。すると夏菜子さんは、ひとつ息を吐く。

「その曲、私が作曲しても良いかしら」

たった一言だけ。数秒しか考えていないのに、思考を咀嚼《そしやく》している時間は永遠のように長く感じられて。それだけ、私が想像すらしていなかった言葉だった。

だって、宮夏菜子はスタイリストで、今は芸能事務所の社長。作曲家の顔があるなんて知らなかったし、そんな素振りも見せなかった。

「夏菜子さんが作曲……？」

「なにその顔」

「あ、いやその……びっくりしすぎてちょっと」

「ふーん」

そんなことを言う彼女は強がってみせるけど、私には分かる。それは照れ隠しでしかないと。

「……黙っていたわけじゃないの」

別にそこは気にしていないけど、夏菜子さん的には罪悪感があったらしい。

だけど、思い返してみればそうか。スタイリストとして近づいて、芸能事務所の社長としてスカウトしたんだから。作曲の「さ」の字も出てこなかった。私だって、この人がピアノを弾くことだけでびっくりなのに。

「私は、夏菜子さんの曲を歌ってみたいです」

「気を遣わせた？」

「まさか。本心です」

興味本位、と言ってしまえばそれまで。けれど、宮夏菜子が奏でた曲でステージに上がる自分が、驚くほどスムーズに想像できた。

それから、彼女は話してくれた。これまでの経緯を。作曲家に憧れていたけれど、鳴かず飛ばずで実績は全くないということ。売れる曲を作れるかどうかも分からないということ。そして――歌詞は私がよく知るあの人に依頼したということ。

「彼にも伝えとかないとね」

そういう彼女の表情は、気難しいものだった。

☆★☆★

星空が消える夜に　あなたを眺めて
水平線　遠く遠く　離れていく
恋模様　あなたに奪われて

出来はともかく、筆を執ろうと思うようになったことが一番の驚きだった。乱雑だった書斎。僕の周りにある雑音を消すように元々のカタチを取り戻しつつある。姿形だけ見れば、それはかつての文豪のよう。

三十年若返った気分だ。この空間だけは、あの頃と何も変わらない。住む場所は変われど、僕がいま座っているここだけは、トキメキを生んでいたあの時のまま。

日付が変わっている。この日もまた、僕の周りは慌ただしく巡り巡っていた。運命の中心になっている。普段そんなことを思うことはないけれど、これだけ重なればそう思わざるを得ない。別に悪い気分ではない。

万年筆の先が原稿用紙に触れると、インクが滲《にじ》み出てその輪を大きく広げていく。言葉を紡ぐことは無い。ただ染みとなって感情になる筈《はず》だったカケラを見つめるしか出来ない。

（…………恋）

あまりにも美しくて、儚《はかな》くて。

見ている僕が青春を思い出す。それはきっと、アイツもそうなのだろう。

アイドルを育成したいと言って、ちょうど二十年前、僕のところにやって来た。今みたいにSNSがある時代ではない。それなのに「割と簡単に会えた」と笑っていたのが懐かしい。

今みたいな金髪のショートカットじゃなく、長く伸びた黒髪が印象だった。話を聞くと、高校を卒業したばかりだと言っていた。すごく美しい女の子だなと思った。

確か、今はもう無い芸能事務所の一室で話をした記憶がある。

『——先生の歌詞が好きだから』

あの頃は、まだ先生と呼んでくれていたな。今では僕を尊敬している影もない。

話を聞いたけど、彼女の考えていることがイマイチ理解出来なかった。僕はアイドルに歌詞を書いたことはあるけど、プロデュースをしたわけではない。

そもそも彼女の目的ならば、僕のところに来る必然性は無い。

なのに、僕に頭を下げた。高校卒業したばかりの子どもが、僕に教えを乞うた。その光景はあまりにも滑稽で、僕は彼女に何と言って突き返そうと思ったぐらいだ。

あの頃の僕は、正直荒れていた。良い詞が書けなくなって仕事のオファーも目に見えて少なくなっていた時期。彼女の素直な尊敬の念も、あの時の僕には馬鹿にされているようにしか思えなかったのだ。

虹色　風を彩ってあなたに届く
笑ってくれない　寂しくて一人の夜
やっぱり消える　星々と恋心

だから突き放した。子どもにあんなコトを言うのは大人としてクズだと思ってはいたが、それでも僕はそうせざるを得なかった。

作詞家としての活動に限界を感じていた。ワンフレーズも浮かんでこない。泥の世界に埋もれてしまったみたいに、単語の一つ一つに輝きを見出《みいだ》せなくなっていた。

『私が良い詞と思ったら、良い詞なんです』

僕から突き放された彼女は、堂々と言ってのけた。弱冠、十八歳の若者がだ。まるで世界の中心に立っているんだと言わんばかり。我の強さは昔から変わっていないな。本当に。

それが若さというモノだろう。恐れることなんて何もない。ただ自分の夢に向かって突き進む度胸。行動力。今の彼女を見ていればよく分かる。

『お願いします。いつか私が連れてきた女の子に詞を書いてあげてください』

仕事にもならない口約束だと思っていた。正直、いつになるかも分からない夢を語られても僕に言えることは無い。だから聞き流していた。何も言わず、ただ彼女に背を向けて。

『私もビッグになります。そのために沢山勉強して、いつか必ず先生を説得してみせます！』

右手に持っていた万年筆が止まらなかった。滑らかに動いて動いて、僕の心の中に眠っていた感情を呼び起こそうと躍起になっているよう。

それにしても、随分と懐かしいコトを思い出した。忘れていたわけではない。ただ考える理由が無かったから。

二十年経《た》って、彼女は僕の元にやって来た。アイツは定期的に僕の店へ生存確認に来る。余計なお世話だ。あの日もそうだと思った。

『約束、覚えてますよね』

そう言われた瞬間、記憶がフラッシュバックした。同時に否定した。「別に約束をしたわけではない」と。お前が一方的に言ってきたコト、だから僕には関係の無いコトだと続けて。

アイツがデビューさせようとしていた子は、僕もよく知っている女の子だった。同時に、思ったよりも近くに居た子。不思議な感覚だった。

彼女は恋をしている。僕はその相手も知っている。だから余計な肩入れをしてしまったと後悔していたのも事実としてある。けれど、彼らの幸せを願うこの純粋な想《おも》いは本物だ。

それに、今のあの子はとても輝いている。世界中の誰よりもきっと、人々を温かく包み込んでくれる雰囲気を纏《まと》って。これはきっと、恋をしていなかったら生み出せなかっただろう。

世間は君たちが思っている以上に辛辣な反応を示すかもしれない。けれど、君は一人じゃないだろう？　君はあの子を守るのだろう？

そうだな。それが条件だ。どんなことがあっても逃げず、あの子のことを守り抜くというのが、僕からの条件。

花火が鳴って振り返る
心を覗《のぞ》き込むあなた
感情を風に乗せて　ふわふわと
あなたの胸に呑《の》まれる夜に

新木吾朗。君が彼女を守ってくれるのなら、僕は喜んで言葉を紡ごう。

そのためにはまず、欠かせない人間が居る。

宮夏菜子。スタイリスト。芸能事務所の社長。いや――どれも違う。

まぁ良い。随分と僕のことを待たせるじゃないか。

乗せよう。僕の言葉を。そして――山元《やまもと》美依奈の想いを。

☆★☆★

慌ただしかった日常は意味を変えて、忙《せわ》しない毎日が戻ってきているようだ。

一向に止《や》める気にならないタバコを吹かしながら、目の前に座る彼女のことを見下ろした。

薄っぺらい三枚の便箋に視線を落としているその表情は、いつになく真剣そのものだ。

久々だ。この感覚。ブルブルと体が痺《しび》れて、震えていきながらも、心の中を覗かれる羞恥に耐えるためタバコの煙を肺の中に入れる。

「驚いた」

カウンターに座っている宮夏菜子は呟《つぶや》く。手元に置いているホットコーヒーはもう冷たくなっている。せっかく淹《い》れてあげたのにな。

彼女のリアクションは実に想像していた通りだった。これまでの僕を知っているからこその反応。候補の詞を三作も書き上げてしまったからだ。

「サプライズってヤツかな」

「ええ。本当そう思います」

「……やめてくれよ。むず痒《がゆ》い」

冗談のつもりで言っただけなのに、彼女は僕の言葉を鵜呑《うの》みにした。嫌味《いやみ》の一つぐらい言い返すくせに、やけに素直な宮夏菜子は少し気色悪くすらあった。

あっという間に根元まで吸ったタバコを灰皿に押し付ける。オープン前に来てもらっているから、客が入ってくる心配はない。それだけ彼女も集中して言葉の世界に入り込んでいるように見えた。

「ノイローゼっていうのは何だったのでしょう」

悪戯《いたずら》っぽく笑う彼女を見ていると、初めて会った時のことを思い出した。

それこそ、僕がノイローゼだった頃。彼女がまだ高校を卒業したばかりの記憶。あの時より幾分か老けた君だが、今は若々しく映る。髪の色は少し落ち着かせた方が若い男は食いつくぞと教えてやりたい。

「彼女のおかげさ」

「そうね。やっぱりミーナちゃんはすごいわ」

宮夏菜子は加熱式タバコを咥《くわ》え、やがて匂いの薄い煙を吐き出す。紙タバコをやめられない僕にとって、それは人畜無害の水蒸気にしか思えない。

新木吾朗と山元美依奈。二人のことを陰ながら見守っていたからこそ、筆を執ることができた。彼女に見惚《みと》れていたから、心の中を描き出したいと思った。

裏を返せば、二人のことを見てこなかったら叶《かな》わなかっただろう。宮夏菜子にオファーされたところで、無下にするのが目に見えている。

その時点で、僕は作詞家として終わっているのだ。頭の中にある世界を描き出すことが出来なくて、彼や彼女に感情移入しなきゃ何も書けない。そんな人間の書いた言葉を、彼女が彩ってくれると思うだけで、柄にもなく胸が鳴る。

「一番すごいのはあなた《北條輝》ですけどね」

「お世辞はいいよ」

「そんなつもりは一切ありません。本気よ」

気を遣ってるわけじゃないらしい。彼女はそんな面倒なことをするとは思えないし、その厚意は素直に受け取っておくことにした。

タバコらしい匂いじゃないとは言え、タバコであることには変わりない。胸ポケットから残り少なくなったソレを取り出す。右手でクシャリと潰れてしまいそうなぐらいには少ない。

「レーベルは決まったのかい？」

自費、いわゆるインディーズでのデビューでは無いと聞いていたから問いかける。彼女の作ったメロディーに僕の詞を載せるわけだが、どうやら苦戦しているようだった。

だからだろう。僕に「詞を見せてくれ」と言ってきたのは。いわゆる「詞先《しせん》」は随分と久しぶりな気がしたのが本音だ。

「……正直苦戦中」

「そう」

大手レコード会社になればなるほど、売り出し方が派手になる。その分、契約までのしがらみも多いと聞くが。

山元美依奈にこだわる彼女のことだ。きっとその路線を狙っているのだろう。ステージで輝かせたいという優しさと望みの間で、それが本当に彼女のためになるのかどうかと悩んでいる。悪いが、僕にはそう思えた。

「――あの子なら大丈夫さ」

言い出しに戸惑ったのは「知り合いを紹介しようか」と言いそうになったからだ。

知り合いというのは、とある小さなレコード会社の社長。小さいと言っても、この音楽多様化の時代まで生き抜いているのだ。彼らの知恵は侮れない。

でもそれは、本当に追い詰められた時までとっておこう。宮夏菜子。君の意地はこんなものではないだろう。あの時誓った言葉を果たすためにも、こんなところで挫《くじ》けてはダメだ。

「まずは曲を作らないとだけどね」

「分かってますよ」

レーベルが決まれば、それこそ相談しながら作ることだって出来る。優秀なプロデューサーがいるだけで曲の派手さが変わってくるのだ。

それが出来ないのは、バックが弱い個人事務所の性《さが》である。そのことぐらい分かっているだろうから、あえて言葉にはしなかった。

ポップでいくのか、バラードでいくのか、はたまたロックでいくのか。彼女ならどの曲調でも歌いこなすだろうが、デビュー曲となれば判断が難しい。だから僕も三作書いた。

「そういえば、あの子がお礼に来てくれたよ。伝えたんだね」

「そりゃあ、ね。ここの常連だって聞いて、驚きましたけど。誰のせいかしら」

「アイツ《新木》だよ」

山元美依奈という子は、すごく律儀な子だった。歌詞を書いてくれてありがとう、なんてわざわざお礼を言いに来てくれたし。すごく恥ずかしそうな感じだったけど、それは僕も同じだ。

「君も恋をすればいい」

「何ですか急に。随分と冗談上手《うま》くなりましたね」

「本気さ」

「そんなことする時間が無いの」

本心だろうが「そんなこと」とは思っていないだろう。現に――山元美依奈は恋をしてより美しくなったのだから。

彼女の過去に何があったかは知らないが、部類分けするなら美人だ。とっつきにくい雰囲気と見た目をしているせいで、男は警戒する。

「あの子はそれで輝いたじゃないか」

「……まぁ、そうね」

「君だってそうかもしれないだろう？」

「余計なお世話ですよ」

冷め切ったコーヒーを飲んで、呆《あき》れた表情を見せている。便箋はクリアファイルに仕舞《しま》われていて、一応大切に持ち帰ってくれるようだ。

彼女とそんな話をしたせいか、妙に恋愛事情が気になった。知らなくても全然生きていけるんだけど、彼女の生き方は人の興味を惹《ひ》く。

「大人だって恋ぐらいするだろうに」

「独身の同年代と知り合う機会はないもの」

「若い世代はいくらでもいる」

タバコの煙越しに彼女の顔がほんの少し緩んだ気がした。吐き出すタイミングを間違えたと後悔しても、僕の興味は消えることはない。

今の顔は、明らかにそうだ。誰かの顔が頭の中に浮かんだ。僕が名前も知らぬ人間の。大人だって恋ぐらいするとは言ったものの、大人だって他人の恋愛事情への関心は高いと痛感する。

「誰の顔が浮かんだの？」

「別に。誰の顔も浮かんでない」

「君も随分と嘘《うそ》が下手だね」

「うるさい」

表情を変えないのは流石《さすが》というべきか。山元美依奈とはまた違った特徴のある大人の女性。

そんな君を癒《いや》してくれるのはどんな男なのだろう。変に妄想するだけで詞が書けそうな気がしてくる。

「そろそろオープンでしょ。私は帰りますので」

「照れ隠しかい？」

「そうですそうです」

僕の相手をするのが面倒になったらしい。ファイルをカバンの中にしまって立ち上がる。丁寧にコーヒーは全部飲み切っていた。

そのまま扉の前まで足を進めると、ピタッと立ち止まる。スラリとした背中を僕に向けたまま、君は僅かに呟いてみせた。

「すごく良い詞です。ありがとうございます」

カランとベルが鳴って店を出て行った。タバコの残り香が風に乗って僕の鼻までやって来る。うん、やっぱり紙タバコの方が好きだな。

「素直じゃないなあ。全く……」

山元美依奈と同じぐらいにね。

13th

瞳の先でLove Cross

６月の末になった。毎日慌ただしく生活しているせいか、時間の流れがすごく早く感じた。ついこの間、彼に告白されたと思えば、もうすぐ７月。暑い夏がやって来る。

雨は嫌いじゃなかった。ちゃぷちゃぷとなる足音が可愛《かわい》くて、癒やされる。でも、自分の心が泣いている時は、どうしても好きになれなかった。仕事で余計なことを考える余裕がないのは、私にとって良い方向に働いていた。

私の身の回りは、目に見えて変わっていた。マスクと眼鏡をしていないと声を掛けられるようになったし、そんなことが多くなったせいか、普段から『見られている』と感じるようになった。サクラロマンス時代に、自身を週刊誌に売ったあの日みたいに。

仕事も順調だった。テレビ出演はないけれど、一度ネット配信のバラエティ番組に呼ばれた。緊張しすぎて爪痕は全く残せなかったけど、昔一緒に仕事をしたＡＤさんが偉くなっていて《ディレクターになって》、二度目の出演が決まった。話を聞くと『丁寧に向き合ってくれたお礼』と返ってきた。

OSHI ni
NETSUAI GIWAKU
detakara
kaisya yasunda

嬉《うれ》しくもあり、悔しくもあった。自分の性格上、バラエティ番組には向いていない。夏《か》菜子《なこ》さんもそれは分かっていて、出演を断るか真剣に悩んでいたぐらい。でも知名度向上が優先だから、と割り切って背中を押してくれた。

なら、私の武器というのは何なのだろう。その疑問に行き着いてしまう。

歌？　私より上手な人はたくさん居る。

演技？　私は下手。アラサーの初心《うぶ》な演技なんて誰も興味ない。

ルックス？　それこそ、私より可愛い人はたくさん居る。

考えれば考え込むほど、底のない沼に沈んでいく感覚だった。

グループ時代はメンバーを引っ張ることだけに意識を持って行かれたから、自分の武器が何か確証を得ないままこの広すぎる芸能界に飛び出してしまった。

『――美依奈《みいな》の武器は、そういうところじゃないかな』

電話越しの彼は、私の全てを見透かしたように言う。

エスパーかと疑いたくなるレベルで、このどんよりとした表情を読み取っている。自宅で一人、夜の11時。眠れない時間を過ごしていた私は、思考の沼から脱しようとして彼に電話を掛けた。

さっきまで考えていた思考をそのままぶつけると、彼は動揺することすらせずに言い切る。私の言葉を肯定するとは考えにくかったけど、ハッキリとした否定が返ってくると思っていただけに、彼の返事は少し意外でもあった。

「そうかな」

『そうさ。だってそれって、他人がうらやましいってことでしょ？』

「まぁ……うん」

『憧れって、負けず嫌いが抱く感情だと思うんだ』

淀《よど》みのない言葉で、まっすぐ私に伝えてくる。どういう意味だろう。憧れなんて、誰しもが抱く感情でしかないのに。負けず嫌いかど
うかは関係ないじゃない。分からない。分からないよ吾朗《ごろう》さん。

『負けず嫌いだから、人よりもたくさん努力する。サクラロマンスの時からそうだったじ
ゃない』

「そう、だったっけ」

『歌もダンスも、一番上手だった』

彼は笑う。過去を思い返しても、確かにそうだった。

でも彼は、サクラロマンスより前の私を知らない。

決してエリート街道を走ってきたわけじゃない。歌もダンスも習ったことなかったから、
独学で勉強した。ルックスだって、太りやすい体質だからしっかり節制するクセをつけた。

メイクも積極的に教えてもらうようにして、少しでも可愛く見せようと工夫した。

努力はしていた。今のままじゃいけないと。でもいつしかそれが、サクラロマンスのリーダーとして、最年長として。他の4人をしっかり引っ張ることだけを考えるようになっていた。

彼の優しさであることには違いないけれど、少し胸が締め付けられた。

歌もダンスも、一番苦手だったあの頃を知ったら、どう思うのだろう。

途端に怖くなった。今は私を見てくれているけど、本当は山元《やまもと》美依奈なんかじゃなくて、桃花愛未《ももはなまなみ》の幻想を追いかけているんじゃないか。

あぁ、面倒くさいな。私って。彼はあんなにもまっすぐな告白をしてくれたのに、こんなことを考えてしまうなんて。

「私だって、昔は全然だったよ」

『知ってるよ。ガチの桃ちゃんファン舐《な》めないでよ』

「へっ」

――想定していなかった言葉が飛んできた。思わず変な声が出る。

『初期の頃、動画サイトに公式が練習動画とか上げてたじゃん。ファンになってから全部見たし、演技だって――』

「や、やぁぁぁ！　やめてよぉ！」

言い切った後、思わず口を押さえた。通報とかされてなきゃいいけど、それぐらい悲鳴に近い声が出た。電話越しの彼はすごく笑っていて、悔しい。

「す、すっかり忘れてたよ……」

『可愛いなぁもう』

「ばーかばーか！」

まあ……いいや。

彼はきっと、私に幻滅なんてしない。だから私も、あなたとずっと――。

☆　★　☆　★

いつにも増して、雨が強く降っていた。彼と電話した翌日。世間は平日だけど、私にはあまり関係のない話。仕事が落ち着いた時間帯に、私のスマートフォンが鳴った。相手は、雪《ゆき》ちゃんだった。『今から会えませんか』とのお誘いで、前回と同じように夕方からも仕事がある。長話は出来ないけど、との条件付きで会うことになった。

場所も前と同じカフェで、先に入っているという。昔はこうしてご飯食べに行ったこともあった。カフェの地図が送られてきたメッセージを見て、そんなことを考える。

店内は、前よりもにぎわっていた。雨宿りする人も少なからず居るのだろう。奥の席に座っている、と言っていた。

「――えっ」

思わず言葉を失った。雪ちゃんは居たんだけど、その隣には長い黒髪が特徴的な美人な子。一目で分かった。

村雨華《むらさめはな》だ。いつもの変装スタイルだから分かる。どうして雪ちゃんと一緒に？　一言もそんなこと言ってなかったのに。なんて考えていると、彼女たちは私に気がついたらしい。雪ちゃんが手招きをしている。

「急にごめんなさい。美依奈さん」

「あ、ううん。大丈夫……だけど」

視線をずらす。華ちゃんは私と目を合わせようとしない。いや、元から合わせるつもりがないようにすら思えた。

雪ちゃんとの会話を思い出す。それもそうだ。聞いた話だと、この子は私が脱退したことに対して一番反感を覚えていると聞く。当時はかなり信頼してくれていただけに、私としても申し訳ない気持ちはある。

「華ちゃんってば」

雪ちゃんが急かす。年長らしく責任感があると思うけど、やっぱり慣れていないのだろう。言葉に力はない。

少なくとも、夏乃雪音《なつのゆきね》と村雨華の関係性は良好だった。性格的には全然違うけど、お互いの波長が合うらしく、プライベートでも良く遊びに行く仲。

「……どうも」

「あ、あはは……」

口だけのあいさつである。こんなにも分かりやすい拒絶は久しぶりな気がした。悪いのは当然私なんだけど、面と向かってやられると結構キツいものがある。

椅子に腰を落として、二人と向かい合う。二人とも、サクラロマンスの時より大人っぽくなっていた。ただ今は、雪ちゃんはニコニコ笑うしか出来ないみたいだし、華ちゃんは拗《す》ねたように視線を合わせてくれない。

「えっと……今日はどんな用事が？」

あんまり長引かせるのは良くない気がした。早めに用件を聞いてしまって、立ち去るのがお互いのためになる。

「そうやって逃げるんですね」

「ちょっと華ちゃんっ！」

「雪ちゃん、良いの。ごめんね。私も仕事があって」

やっぱり、彼女の目にはそう映っていた。

それもそうか。誰にも相談せず、グループを抜けたくて勝手にやったことを許してくれるはずもない。だけど、当時のふざけた判断のおかげで、今の私が居る。華ちゃんに理解してもらおうとは思わない。

そんな彼女は、私の言葉を聞いてわかりやすく視線を逸《そ》らした。もう私の存在自体を拒絶しているようにすら見えて、完全に過去と切り離されたんだと理解した。

「用件は、ひとつだけなんです」

そう切り出したのは雪ちゃんだった。この前会った時とは違って、すごく真面目な表情をしている。直感的に、明るい話題ではない気がした。

「華ちゃんが……サクラロマンスを脱退したいと」

「……え？」

それはあまりにも——想像すらしていない言葉だった。

私に文句を言いに来た、のなら分かる。それを拒む理由も私には無いし、残された彼女たちはそれをする権利がある。だから分かる。

でも、雪ちゃんの発言はその先を行った。

どうして？　何か辛《つら》いことでもあった？　悩み事があるなら聞くよ——。きっと、サクラロマンスの頃はそう言って、優しく諭していたと思う。でも今は、どんな顔をして村雨華という人間を見るべきか分からなかった。

「愛未さんから……説得してほしくて」

夏乃雪音の真《ま》っ直《す》ぐな視線が突き刺さる。ここに来て呼び名が昔に戻ったのはなぜだろうか。いや、わざと戻したのではないか。本当のところは分からないけど、彼女なりの駆け引きをしていると思わざるを得なかった。

「私にそんなことをする資格はないよ」

自嘲でもなんでもない。ただ事実を淡々と述べたつもりだった。

でも華ちゃんは、そんな私の一言一言が癪《しゃく》に障るみたいで、あからさまに眉間にシワを寄せる。

「そうですね。別に私も聞きたくもないし」

「華ちゃん！　そんな言い方しないでよ！　……ずっと憧れてたじゃん」

「雪音こそ、過去の話はしないでよ」

この構図は非常に分かりやすかった。私の話すらしたくない華ちゃんを前に、できることは何もなかった。ただ、夏乃雪音が私に説得を依頼したくなるほど、村雨華の意思は固いということだろうか。

傍《はた》から見れば、十分に修羅場だった。私の目の前で繰り広げられる私に対する意見の数々。口出しできたとしても、思わず躊躇《ためら》ってしまうぐらいの雰囲気が彼女たちにはある。

「どうして、辞めたいの？」

意を決して問いかける。でも、彼女はやっぱり視線を逸らして答えようとしてくれない。

見かねた雪ちゃんが、慌てたように口を挟む。

「愛未さんが辞めて、グループは変わりました」

「良い方向に向かってるって、思ってたけど」

「いいえ。全然です。むしろ逆で」

新曲も好調だし、固定ファンも多い。それに私が辞めてからは売り出し方が変わって、テクノポップ系の曲調が綺麗《きれい》にハマっていると思う。けれど、雪ちゃんはハッキリと否定した。

「愛未さんは中心でした。でも居なくなって、私たちはバラバラになりかけてるんです」

「そんなこと……」

「本当なんです。私たちだけじゃなくて、カナデちゃんとスミレちゃんも元気なくなっちゃって」

雪ちゃんがあげたその二人も、サクラロマンスの現役メンバーである。それこそ私が脱退してからは一度も会っていない。

カナデちゃんとスミレちゃんは、年齢的にもちょうど夏乃雪音と村雨華に挟まれる。21歳。グループのことを大切に思ってはいたけれど、この二人と比較すると、どこか他人事《ひとごと》のような雰囲気を持っていた。ことなかれ主義、って言うのかな。

でも、そんな二人《カナデとスミレ》が元気をなくす状況が理解出来なかった。あくまでも、夏乃雪音の言葉を鵜呑《うの》みにするのなら、の話だけど。

ふと時計を見る。仕事の時間までは余裕あったけど、この辺りで切り上げないと収拾がつかなくなる気がした。

「あ、ごめんなさい……これからお仕事ですもんね」

「雪音が謝ることないって。空気に耐えられなくなっただけですよね？」

彼女は煽《あお》るように言う。普通にムカつくけれど、村雨華の立場になればそう言いたくなる気持ちも理解できる。普段は天然な部分がある彼女だけど、基本的には周りをよく見ていて冷静な判断ができる人でもある。空気に耐えられなくなった、と表現したのはある意味正解だった。

「二人の要望は……何なのかな」

いずれにしても話が見えなかった。脱退を止めて欲しいとお願いした割には、華ちゃんは聞く耳すら持っていないし、むしろ嫌がっている。

すごく遠回しな言い方をしていると思った。私が抜けたせいでグループはおかしくなっていると言っているようなモノ。雪ちゃんにそんな意図がないにしても、そう捉えてしまうのが自然だった。

じゃあ、彼女たちは何を望んでいるのか。答えは――冷静に考えると簡単に想像できた。

「――それは」

さっきまでハキハキ答えていたのに、雪ちゃんは動揺を見せた。

そんなわけは無いと思っていたけれど、少なくとも彼女は本気でそう思っているらしい。私に――戻ってきて欲しいと。

考え方としては分からないでもない。抜けた穴のせいで結束にヒビが入ったのなら、その穴を埋めれば良い。それも同じ人物で。

言葉にするのも、机上で話し合うのも簡単だ。けれど、現実はそんなに甘くはない。第一、私は事務所に戻ることを許されないだろう。自身の行為は一種の反逆で、重大な契約違反とも受け止められる。こうやって、ソロ活動をしていること自体、あまり良く思っていないはず。

夏乃雪音はすごく賢い子なのに、この行動はあまりにも感情的すぎる。村雨華を連れて来たのだって得策とは言えない。私が彼女たちの事務所にリークしたら、それこそ大問題になる。

「――戻ってきて、とは言いませんよ」

そんな思考を切り裂いたのは、華ちゃんだった。

私の頭の中を読んでいる。そもそも戻るつもりはないけど、言い当てられたことに少し心臓が跳ねた。雪ちゃんが肘で小突いているところを見ると、彼女の意図はやっぱりそうだったんだなって納得する。

「現実的に難しい話だから」

「戻る気があるような言い方ですね」

「絶対無いよ」

華ちゃんの態度に少しイラついていたせいか、ハッキリと強めに断言してしまった。すると彼女は口を強く結んで、苦虫を噛《か》んだような顔をして視線を逸らす。

「愛未さん……」

「私にできることは何もない。みんなを裏切った立場なんだから」

こんなことになるとは、正直思わなかった。

私一人が抜けたぐらいで、崩れる子たちじゃないはずなのに。なのに、悲しくもあり、哀れにすら思えてきて。

厳密に言えば、彼女たちが悪いんじゃない。こうなることを看過している事務所の責任でもある。私が言うのも変な話だけどさ。

視線が落ちる。私は何も注文していないけど、彼女たちの手元にはアイスティーが並んでいた。いずれにしても、そろそろ頃合いだろう。

「ごめんね。仕事があるから」

いつも言っていたこの言葉。でももう、これで完全に終わりな気がした。もう二度と、

彼女たちに面と向かって言うことはないセリフ。当然と言えば当然なんだけど、やっぱりさみしさが浮かんでくる。

無意識に財布を取り出して立ち上がる。足はレジの方を向けた。

「――あ」

そんな私を止めたのは、村雨華の力が抜けた声だった。

「その、財布……」

彼女が力なく漏らした言葉。でも、心臓を針で刺された感覚が襲う。

これは彼からの誕生日プレゼント。初めてくれた大切な贈り物だ。華ちゃんはそんな背景を知るはずもない。だからこそ、純粋な興味がひどく怖かった。

でも、聞かれることはきっと単純なことだろう。『どこで買ったのか』とか『どうして桃色にしたのか』とか。このぐらいなら嘘《うそ》を吐《つ》かずして対応できる。

「誰に、もらったんですか？」

「……へっ」

言葉を失った。動揺だ。咄嗟《とっさ》に村雨華から視線を逸らしてしまう。

それもそうだ。気になることだったとしても、一番最初にする質問ではない。しかも、彼女は『買ってもらった』前提で聞いてきた。動揺しない方がおかしい。

だけど、冷静に考えたらそうだ。これはカマ掛けに過ぎない。華ちゃんは私のことを敬遠していているし、何か弱みを握ろうとしてもおかしくはない。そう気づいた時には、もう遅かった。

「言えないんですか？」

「……じ、自分で買ったの」

「嘘。愛未さんは下手だから。誤魔化《ごまか》すの」

今日初めて名前で呼んでくれたけど、全然嬉《うれ》しくなくって。むしろ優位に立たれた気がして、全身がきゅっと締め付けられた。

私だって、素直に言ってしまえば良かったと後悔していた。夏菜子さんだって背中を押してくれたし、彼のことは全然後ろめたくない。なのに——。

村雨華は、あの時と同じように悲しい顔をしていた。

☆★☆★

夜の8時を過ぎた頃、濡《ぬ》れた地面を踏みしめて、重厚感のある扉を開く。いつの間にか止《や》んでいた雨の匂いは、嗅ぎ慣れた香ばしい匂いに飲まれた。

「やあ。こんばんは」

「こんばんは」

グラスを拭いていたマスターと目が合って、少し驚いたように会釈してしまった。彼はいつも通り、お客にあいさつしただけ。あぁ、動揺してる。自分でも呆《あき》れるくらいには。

「随分とお疲れだね。どこでも好きなところ座って」

「あはは……ありがとうございます」

愛想笑いに近い乾いたモノだったけど、必要以上に接してこないマスターの優しさがありがたかった。他にお客さんは居ない。変装用のマスクと眼鏡を外して、カウンターの一番端、入り口から見て一番奥側の丸椅子に腰を落とした。

はぁ……。長テーブルに突っ伏せて、ため息を吐きたくなる感情を誤魔化す。代わりに頬杖《ほおづえ》を突いて、見慣れた店内を視線だけで追う。空腹で鳴りそうなお腹《なか》は、今か今かとカレーを待ちわびていた。

「何か食べる？」

「カレーとコーヒーを。とびっきり辛いヤツ」

「はいはい」

マスターは笑ってみせた。適当にあしらわれているとは思ったけど、別にどうでも良かった。ここで変に突っかかってこられる方がキツい。今はただ、何も考えずに時間が流れ去るのを待ちたい気分だった。

それでも、家には帰らなかった。本当の一人は嫌で、たまーに話しかけてくれる人が居る場所は、ここだけだった。それにここなら、私も気を抜いて居られる。

村雨華――。あそこまで根に持っているとは思わなかった。

思い返せば、メンバーに辞めたいと打ち明けたのも脱退する前提だった。事務所のマネジャーには何度も相談していたけど、結局大人たちとの話し合いの場は設けられなかった。結果的に、脱退を前提とした説明をせざるを得なかった。

彼女たちに加えて、事務所の人も説得してくれたけど、私は絶対に首を縦に振らないと決めていた。本当は、事務所の人には納得してもらった上でメンバーには打ち明けたかった。でも、その場では私の望む結果にはならなかった。だから――あの行動に出てしまったのだ。

どうやるのが正解だったのだろう。最終的な手段はともかく、それまでの過程はしっかりやったと思っている。私と事務所は契約で成り立っている関係だったし、解除したいのだから身近なマネジャーに相談するのは自然な流れ。でもそこからの動きがなかったということは、意図的にマネジャーが報告しなかったのか、それとも、報告したけど――。

そんなことを考えていると、手元にやって来るわずかな熱。同時に鼻を抜けていくのは、あの彼にしか出せない香ばしい匂いだった。

「あんまり考えすぎない方が良いよ」

たった一言の励ましだったが、今の私には十分だった。ここで長々と説明される方が胸が痛くなる。

「コーヒーは食後だったんですけど」

「おや失礼。じゃあそれはサービスということで」

今にもウインクしてきそうなほど、表情を崩している。本当に些細《ささい》なことだけど、本当に嬉しかった。家に帰らず、ここに来て正解だったと思う。

夏乃雪音の期待には応えられそうにもない。あの子もあの子で悩んでいるのは事実だろう。バラバラになりつつあるグループのリーダーとして、なんとかしないといけない義務感を否定するつもりは全くない。

華ちゃんと私の確執を見たから、しばらくは連絡来ないだろうけど……。私からメッセージを送るのも変だし。何より、辞めた場所に気を遣う必要性が感じられなかった。グループは好きだけど、事務所への不信感は消えていないから。

意識を目の前に戻すと、マスターはキッチンの方へ消えていた。カレーが来るまで少し時間があるだろうと踏んで、私もお手洗いに立った。スマートフォンを手に取って、画面を眺めながらドアの前に立つ。自分の家みたいに気を抜いていたけど、今ぐらいは良いだろうと思い込むようにした。

☆★☆★

一日中降り続いていた雨は、暗くなると同時に終わりを迎えた。

会社を出ると、地面に消えてしまった独特な雨の匂いが全身に行き渡る。美依奈と友達になったあの夜を思い出す。なんて、センチメンタルな感情を誤魔化すように残業で疲れた体を伸ばすと、盛大に骨が鳴った。

雨が降っていないとなると、白いビニール傘は非常に邪魔である。会社に置いていこうかとも思ったが、明日も微妙な天気らしい。そもそも家に置き傘がないため、持って帰らざるを得なかった。

時間は夜の8時過ぎ。色々と考え事をしていたせいで、中々仕事を片付けられなかった。考え事というのは、山元美依奈についてだ。

あの子はやっぱり可愛《かわい》い。そして綺麗《きれい》。惚気《のろけ》でもなんでもなくて、事実として彼女は存在する。あの海デートは2ヶ月前になるが、隣に立つ美依奈には、誰も知らない魅力があった。

だからこそ、不安になってしまうのが男の性《さが》だ。俺自身、自分に自信があるわけではない。あれば少しは違うんだろうけど、突然するりと離れていく未来を想像してしまう。彼女のことを疑っているわけではないんだけど、やっぱりどうしても。

「……タバコ吸ってから帰るか」

あぁダメだ。ここはいったん撤退しよう。タバコの煙を体に入れて、思考のリフレッシュが必要だ。そう思って踵《きびす》を返すと、妙に聞き慣れた声に呼び止められた。

「──あの」

声のする方を見ると、美依奈よりも身長が低い女の人が立っていた。丸眼鏡とマスク、そして──特徴的な長い髪。やっぱり見覚えがある。

「は、はい？」

「覚えていますか？　定期入れ拾った時、少しお話しした」

「あ、あぁ、その節はどうも……」

思わぬ再会、と言うべきだろうか。美依奈の誕生日プレゼントを探していた日、俺の定期入れを拾ってくれた人だ。本当は最初から気づいていたけど、見栄《みえ》を張ったような反応をしてしまった。別に下心はない。俺が浮気したら、それこそあの子は何をしでかすか分からないし。

とは言え、あまりにも不思議な再会だった。というか、もう二度と会うことはないと思っていただけに、少し気味の悪さすら感じてしまう。

職場の近く、とかだろうか。いやでも、彼女の格好を見るととてもＯＬさんには見えない。濃い赤のショートスカートは、道行くサラリーマンには刺激的すぎないか。美依奈に負けず劣らずとほっそりとした脚。つくづくあの子が隣に居なくて良かったと思った。

「えっと……職場はこの辺りなんですか」

「いえ、そういうわけじゃ」

「じゃあ……どういった用件で？」

全く読めなかった。どんなに考えても、彼女との接点は広げようがない。逆ナンパとも思えないし、そもそも会社の前に立っていたこと自体が不思議でならない。

そんな俺の疑問を全て込めた問いかけに、彼女は視線を落として、それで――。

「――あなたは」

瞬間、なぜか山元美依奈の顔が頭に浮かんでいた。どうしてかは分からない。

痛い。指が熱くて、それが心臓にまで達しそうなぐらいに血管を痺《しび》れさせる。

指にこびりついた苦味は、その熱で消え失《う》せようとしていた。美依奈との甘い記憶がどうにかしてくれるんじゃないかって思ったけれど、現実はそう甘くはないらしい。

「桃花愛未、いや、山元美依奈さんとどういうご関係なんですか」

背中から汗が噴き出すのが分かった。６月の末で、ジメジメとした暑さが俺の肌にまとわりついている。そのせいではない。目の前の少女の――冷え切った視線が俺の心臓を突き刺していたからだ。

「……えっ」

そんな動揺を、彼女は見逃さなかった。絶妙な距離感だったが、一歩近づいてくる。すごく小さい人なのに、今だけはとんでもない巨人に思えた。そして似合わないぐらい甘い匂いがする。頭が痺れてしまいそうだ。

「少しお話、しませんか」

「あ……いや別に俺は」

「週刊誌にリークすることだって、出来るんですよ？」

くそ。それを言われたら何も出来ないに決まっているだろうに。

やられた。頭に浮かんでいた美依奈の顔に、心の中で謝罪する。同時に宮《み》夏《や》菜子にも。陰ながら応援してくれていたのに、こんな終末はあっけなさすぎる。

「……行きつけの喫茶店がありますから、そこでなら」

「分かりました」

そもそも、この人は何者なんだ。リークする、と脅してきたということは記者ではなさそう。だが桃花愛未の本名を知っている時点で、彼女の関係者であることは察しがつく。もしかなら誰だ？　彼女の雰囲気や見た目的に、タレントにも見えなくはないが……。もしかしたらこの既視感は、再会したことに対するモノではないのか？　そんな可能性が浮上してきたところで、目的の喫茶店の前に着いた。

「ここですか？　随分と古いですね」

「ええまぁ……」

マスターには後で説明しないと。とにかく今は、美依奈と相談したい。そんな俺のことを尻目に、彼女はためらいもなく店内に突入していった。

中に入ると、マスターと目が合う。先に入っていた彼女の連れが俺と知って、流石《さすが》に驚いているようだった。ごめん、と手を合わせてテーブル席に座る。店内を見渡すと、誰も居ない。美依奈が居る可能性もあったが、自分のホームで話を進められれば良かった。万が一の時にはマスターだっているし。

「すごいタバコの匂い……」

「嫌なら出て行ってもらって構いませんので……」

「そ、そんなんじゃないっての！」

どうしてそこでムキになるのかは分からないが、とりあえずコーヒーとオレンジジュースを注文した。もちろん俺の金で。マスターは注文を聞いた後、奥の方へ消えていった。

「それで、さっきの続きを聞かせてくれません？」

ひとつ咳払《せきばら》いをした彼女が問いかけてくる。ムカつくぐらいに余裕を見せた声色だった。

ここまで来たら、俺と美依奈の関係性はバレていると思って良いだろう。だがその前に、彼女が何者なのかが分からないことには始まらない。

「その前に、あなたが何者なのか教えてくれませんか」

思いのほか冷静な自分が居た。突発的に関係を漏らしてもおかしくないぐらいに動揺していたけれど、胸の中に居座っている美依奈の顔を見るとグッと堪《こら》えることが出来た。

状況的にも「無関係です」と言うのは無理があるだろう。となれば「友人」と誤魔化《ごまか》すか、「仕事関係者」と嘘《うそ》をつくか。あるいは――「恋人」だと本当のことを告げるか。

どう考えても問い詰められる未来しか見えないのは事実としてある。問題はその先にあるわけで、俺の答え次第では彼女をスキャンダルの渦に陥れることにだってなる。ここでまた週刊誌に載るなんて最悪中の最悪だ。

彼女は何も言わない。というか、考え事をしているようだった。立場的にペラペラしゃべることが出来ないのだろうか。だったらなおさら気になる。何者なんだ、この人は。

「――僕もそう思うな」

「うおっ！　びっくりした……」

マスターが注文した飲み物を持ってきた。あまりにも突然で、心臓が止まるかと思った。それだけ彼女に意識が持って行かれていたと考えると、美依奈には少し申し訳なくすら思う。

「……あなたには関係のないことだと思いますが」

「彼は常連だからね。迷惑そうにしてるのを見過ごせないんだよ」

彼女の言うことももっともだが、マスターの言葉は素直に嬉《うれ》しかった。迷惑と言えばその通りなわけで、彼が声を掛けてくれなかったらボロが出ていたかもしれない。

俺の目の前に座っているこの人は、呆《あき》れたように息を吐いた。長い髪がタバコの煙に飲み込まれないか不安になる。別にどうでもいいんだけど、なぜかそんなことを考えてしまった。

「言えないのかい？」

いつの間にか立場が逆転していた。さっき俺が言われた言葉を、まさにマスターが彼女に言い返している。たぶん彼はいつも通りのテンションなんだけど、今はそれがひどく頼もしく見えた。情けない話だけどね。

「――別にそんなんじゃ」

小さな声であったが、確かに俺の耳に届いた。それはまるで、俺の予想を大きく覆すような言葉。あまりにも力が無くて、すぐに握りつぶしてしまえるぐらいの。

その横顔しか見えないけれど、とても綺麗な子だと思った。駅で話しかけられた時も同じことを考えたとはいえ、さっきよりもハッキリ見えるこの場所でもそれは変わらなかった。

（……というか、なんか聞いたことある声だな）

少しずつ冷静さを取り戻してくると、見えてこなかった部分が見えてくる。この場面では、まず声だ。少しだけ低くて、落ち着きのある声。思わず本音を言ってしまいそうになる説得力がある声をしていた。

カウンターの奥に戻ったマスターを見て、彼女は一つため息を吐《つ》いた。そして、丸眼鏡とマスクを外す。

「――」

やはり見覚えがあった。一つずつパズルがハマっていくみたいに、記憶が呼び戻されていく。桃花愛未の隣に居て、時折見せる笑顔が特徴的なあの子。

「うぇっ!?」

思わず声が出た。ヒュルリと雪崩《なだ》れていくように、その美しい黒髪が剝《は》がれ落ちたからである。そして姿を見せたのは、ショートカットで暗めの茶色。俺に目線をやる彼女は、やっぱり俺がよく知る人物であった。

「村雨、華」

サクラロマンスの現役メンバーである。その彼女が今、俺の目の前に居る。

思わず呼び捨てにしてしまったが、驚いた時は大抵そうだろう。有名人のことを普段から『さん付け』で呼ぶ方が珍しいと思うし。彼女も呼び捨ての部分にムッとすることなく、ため息を吐いた。

「知ってるんだ」

「そ、そりゃあ……」

「じゃあ問1。どうして私があなたのことを知っていたのでしょう？」

「クイズをする気にはなれないな……」

そう、そこが最大の謎の一つだった。なぜ村雨華が居るのか。自分で考えたところで、その疑問は一向に解けそうにない。

「問2。どうしてあの人とあなたの関係性を突き止めたのでしょう？」

「問1に答えてませんが」

「時間切れ」

完全に会話の主導権を握られていた。このままズルズルと引き込まれてしまっては意味が無い。どこかで挽回《ばんかい》しないといけないが、その糸口すら摑《つか》めないでいた。

「はい、タイムリミット。まあ考えても分からないでしょうね」

「性格悪いな……」

「何？」

「いえ……」

村雨華はこんな子じゃなかったはずだが。俺が知っている彼女は、クールだけどどこか抜けていて、天然な部分がある可愛《かわい》らしい子。本人は天然と呼ばれるのを嫌っていて、それを隠そうとするのがまたファンの心をくすぐった。

ということは、今も無理してキャラを作っているのではないか？　そんな仮定が頭の中に浮かんだ。だとしたら中々に面白いが、流石にないよな。こんな場面で。

「ちょっと、ニヤつかないでよ」

「え、いやそんなことは……」

「どうだか。『所詮華ちゃんだから』って思ってるんでしょ、どうせ」

「な、なんでそうなるんですか」

天然かもしれないが、ステージでのパフォーマンスや演技だって上手だ。所詮とか思ったこともないし、桃花愛未に劣っているとも思わない。確かに歌もダンスも桃ちゃんが一番上手《うま》かったけど、それぞれの魅力があるのだから。個性で優劣をつけたことは一度もない。

「そういうのが、もう嫌なの……ムカつく」

「えっと……」

「なんでもない！　それで、あの人との関係は何なの⁉」

微妙に語気を強めているが、先ほどまでの不安感は不思議と消え去っていた。

というか、年も俺の方が一回り上だし、何も動揺する必要はなかったな。冷静に受け答えすれば、この人は折れる。3年程度の営業経験しかないが、直感的にそう思った。

俺が回答を考えていると、村雨華は打って変わってわずかに俯《うつむ》いた。小さくため息が聞こえて、何か雰囲気が弱々しくなったように見えた。

「あの財布、美依奈さんにあげるモノだったんですよね」

「え……」

「分かりますよ。恋人にあげるんだろうなぁって思いながら話を聞いてましたし。定期入れに会社名が縫われていたので、張っていたらビンゴでした」

いやいや。そこまでする必要があったか。会社名が分かったとしても、俺を待ち伏せるのはかなりリスキーだ。いつ出てくるのかも分からないし、それに本当に社員かどうかも分からないというのに。

「なんというか……すごいっすね」

「……当たって欲しくなかったけど」

申し訳なくすら思えてきた。村雨華が美依奈にこだわる理由は見えないが、彼女のことを尊敬していたのは周知の事実。もしかしたら、脱退を未《いま》だに受け入れられないのかもしれない。

だとしても、俺は今の幸せを手放すつもりは毛頭なかった。あの彼女の細い手を摑んで良いのは俺だけなのだから。

「別れてください」

「嫌です。絶対に離しません」

「う……しゅ、週刊誌にバラすよ!?」

彼女にとって、それが最大にして最強の脅し文句なのだろう。

けれど、サクラロマンスの勢いを見れば、美依奈にこだわる理由が全く見えない。そもそもなぜ、無関係の桃花愛未が今になって出てくるのか。脱退したのだから、恋愛しようが彼女の勝手だろうに。

「彼女の自由でしょう。あなたが口出しすることじゃないですよ」

「――」

我ながら正論だったと思う。俺としては、輝いている美依奈を見たい。でも週刊誌とかで叩《たた》かれるぐらいなら、辞めてしまっても良いとすら思っている。

もちろん、彼女の意思を尊重する。これはあくまでも最終手段で、辞めても俺は彼女のそばから離れないと誓ったから。

「そもそも、もうサクラロマンスには関係ないじゃないですか」

率直に疑問をぶつけた。彼女が桃花愛未にこだわる理由が分かれば、何かしらの糸口になると踏んで。そんな俺の疑問に、彼女は俯いていた顔をさらに深くまで落とす。

「……戻ってきてほしい、から」

十中八九、そういうことだろうとは思った。美依奈が脱退して1年経《た》ったが、お互い仕事は順調そうに見える。特に山元美依奈はスタイルの良さを生かしたモデル業や、インターネットの配信番組にも出演《でて》いるし、軌道に乗り始めている。サクラロマンスとしても、テクノ系の曲調がマッチして音楽番組への露出も増えているじゃないか。

村雨華の希望は、お互いにとって不利益でしかないはずだ。それこそ所詮、彼女のわがままでしかない。

「それは……難しい話なんじゃないかな」

「美依奈さんを奪っておいて、そんなことを言わないでよ！」

奪ったつもりはない。そもそも彼女は君のモノではない——。そう言おうとしたが、先に口を開いたのは村雨華だった。

「私知ってるんだから！　美依奈さんの報道は……自演だって」

「え……」

「あなたは写真の人なんでしょ⁉　あなたが余計な手を差し伸べなかったら、こんなことにはならなかったのに！」

正解だ。俺に突撃してくるぐらいなのだから、彼女はこれまでにも情報を集めていたのだろう。俺が山元美依奈の恋人であると確証を得た状態で、待ち伏せしていたわけだ。

「なら、私と遊びましょうよ」

「そうすれば、既成事実が出来ますし。美依奈さんも呆れて別れたくなりますよ」

「なんでそうなる」

なぜか、ぶるりと悪寒がした。別れる以前に、きっと俺たち二人の命を狙ってくるだろうな。美依奈なら。

ただ、村雨華の思いはよく分かった。サクラロマンスにとって必要な存在であることも、彼女自身にとっても、大切なメンバーであったことも。

けれど——それには一つ足りないことがあった。

☆　★　☆　★

お手洗いを出ると、口に指を当てたマスターが私の席の近くに居た。「しーっ」と小さな声で呼び掛けている。お手洗いそのものはカウンターの奥に設置されていて、ここからは一切座席が見えない状況。何のことか分からず、とりあえず彼の言う通りに動く。

本来ならただ自分が座っていた席に戻るだけで良かったのに、彼はカウンターにしゃがんで待つように誘導した。

「どうしてですか……？」

あまりにも意味が分からなかったから、小声で問いかける。マスターは近くに置いていたメモ用紙をちぎって、何かを書いている。そして、しゃがんだ私の顔の前に差し出した。

『ヤツが女の子を連れて来た』

瞬間、私はその紙をぐしゃりと握りつぶしていた。完全に無意識だった。

カウンターからほんの少し顔を出すと、確かに彼がいる。女性と一緒に居る。でも、あの女性の後ろ姿には見覚えがあった。同時に、嫌な予感が頭をよぎる。

ここじゃ会話を聞けなかったから、二人の方にしゃがんだまま近づく。マスターは呆《あき》れていたけど、それどころじゃなかった私にとってはどうでも良いことだった。

「なんでもない！　それで、あの人との関係は何なの⁉」

この声はそう。さっき目の前で聞いた声。村雨華だ。

どうして彼女がここに居るのだろう。どうして彼と一緒に居るのだろう。頭に浮かんでくる疑問の数々。私の反応を見て、彼を捜し当てたとでも言うのだろうか。……いや、流石《さすが》にそんなことはないだろうけど、華ちゃんは私たちの関係を知っていたと考えるのが妥当な線か。

「そもそも、もうサクラロマンスには関係ないじゃないですか」

彼の疑問はもっともだ。私だって夏乃雪音と村雨華には同じように説明した。でも聞いてくれなかった。イタチごっこになっちゃう未来しか見えなくて、それ以上は何も言えなかっただけなんだけど。

でも、彼女は私が想定してなかった言葉を口にした。

「……戻ってきてほしい、から」

嘘《うそ》だと思った。あれだけ厳しい態度をしていた彼女が、彼にそんなことを打ち明けるなんて。俗に言うツンデレみたいな話になるけど、さっきまでの私に対する態度とは全く違うから素直に飲み込めなかった。

でも、彼の返答は私と同じような言葉だった。難しいと思う——。それもそうだ。私はサクラロマンス、前の事務所を捨てた存在。戻ってしまえば、それこそ炎上の火種を作ってしまうだけ。

「私知ってるんだから！　美依奈さんの報道は……自演だって」

私の口からは言えなかったこと。でも、私が事務所に対して不満を抱いていたことはマネジャーさんに伝えていたし、メンバーも知っていたと思う。

そうやって私の行動が漏れ出したとしても、私に言い訳する権利なんてなかった。ある種、週刊誌との共謀なんだし、色んなところで情報は出回っているから。

「あなたは写真の人なんでしょ⁉　あなたが余計な手を差し伸べなかったら、こんなことにはならなかったのに！」

いいや、それは違うの。私はむしろ、彼に救われた。

新木《あらき》吾朗がいなければ、私はいまここには居ない。きっと諦めて、地元に帰っていたと思う。だから、華ちゃんが望んでいる『復帰』と同じ土俵に引き上げてくれたのは、彼なんだ。この人を責めるのは違うんだ。

それでも、嬉《うれ》しかった。あんなに冷たい態度をとっていても、根は私が知っていた村雨華と変わらない。

そんな私の思考は、一撃で振り払われることになる。

「なら、私と遊びましょうよ」

「なんでそうなる」

「そうすれば、既成事実が出来ますし。美依奈さんも呆れて別れたくなりますよ」

この女《アマ》、何を言い出す。ふざけるんじゃない。冗談でも言って良いことと悪いことがある。バレないように少し顔を出して二人を思いきり睨《にら》んでいた。やがてマスターの咳払《せきばら》いで我に返る。本当だったらあのまま突撃してやりたい気分だったのに。

彼はしっかり断ってくれたけど、あれで頷《うなず》いていたら自分でも押さえが利かなかった。偉い偉い。華ちゃんは可愛《かわい》いし、あんな風に誘われたら悩んでしまうよ普通は。

「でも、あの子の気持ちを考えたこと、ある？」

彼は優しく諭すような声で問いかけた。私のことを最大限まで考えてくれたような温かい声色をしていた。

「たくさん悩んでたと思う。桃ちゃんだって、あんな形で辞めたくなかったはず」

「そ、それは……」

「皆さんにしか出来ないことだってあったと、一ファンとして思います」

彼の優しさが流れ込んでくる——。お尻が汚れることも忘れて、地面に体育座りをしていた私の全身が熱く燃えていく。大好きな彼に包み込まれているみたいで、不思議と涙が出そうになった。

でも、サクラロマンスのメンバーはすごく気を遣ってくれていた。私が辛《つら》そうにしていたら、優しく声を掛けてくれたし『一緒に頑張ろう』とか言ってくれた。

「——それじゃ足りないんです。あの子は」

気の抜けた声が出そうになった。思考を読まれたのか、無意識に言葉が漏れていたのかは分からないけど、私の考えを否定してきた。

華ちゃんの動揺が聞こえる。多分、私と同じようなことを言ったんだと思う。彼女にはそう言う権利はあるし、私だったら彼みたいに否定することはない。

「言葉だけじゃ、ダメなんです。疲れているようなら休ませてあげないと。一緒に頑張ろうというのは、彼女を追い込んでしまう言葉だと思うんです」

背中越しに聞く彼の言葉たちは、この空間を舞って私の元に降りてくる。

いつもみたいにタバコの匂いがしない。すごく違和感があったけれど、彼の本心であるとは不思議と分かった。同時に高鳴る心臓。ドクドク鳴って、今すぐ彼の胸に飛び込んでしまいたい。

　言葉だけじゃ足りない。そう言われて、自分のことだけど納得してしまった。彼女たちの優しさはもちろん嬉しかった。でも、物理的に心を休ませる時間が少なかったのも事実。間違いなく休息を求めていた自分が居たけれど、グループを引っ張る責任感から誤魔化《ごまか》しながらやっていた。

「知ったような口を、利かないで……」

　華ちゃん。違うの。その人は、間違いなく私のことを知っている人。

　いや、誰よりも知ろうとしてくれている人。見せかけの私じゃなくて、面倒で、わがままで、迷惑ばかりかけてしまう山元美依奈っていう人間を、誰よりも見つめてくれる大切な人なの。

「だから、お願い。あの子の夢を応援して欲しい」

「ちょ、ちょっと……！」

　彼女の慌てぶりを聞くと、きっと頭を下げたのだろう。

　そこまであなたがしないでいいの。「やめて！」と立ち上がって、彼の肩を抱いてあげたい。――でも今の私にそんな度胸はなかった。

　覚悟は決めたつもりだったのにな……。全然ダメだ。彼にも迷惑を掛けっぱなしで、こういう時にハッキリと意思表示出来ない私って、本当に弱い。

「……もう知らない」

出て行く彼女と残された彼。大切な人に謝るチャンスだったのに、彼が出て行くまでその場から立ち上がることが出来なかった。

14th

夜空を見ているだけよ

梅雨明けは呆気《あっけ》ないものだった。

7月に入ると、一気に夏の太陽が顔を出して、私たちを焼いている。外に少し立っただけで日焼けしてしまうから、クリームを肌身離さず持っている。

夏菜子《かなこ》さんとの打ち合わせでは、いよいよ歌デビューの話が本格化しようとしていた。楽曲の完成にはまだ少し掛かるみたいだけど、少しずつ形にはなってきているみたい。夏菜子さんが作ってくれる曲は純粋に楽しみだった。

ボイストレーニングを終えて西荻窪《にしおぎくぼ》駅に降り立つ。ちょうどそのタイミングで、知らない番号からスマートフォンに電話が掛かってきた。

フリーダイヤルでもなくて、市外局番は携帯電話を指している。普段はいったんスルーして調べてからかけ直すけど、携帯なら出てみないと分からない。

「もしもし？」

『……こんにちは。華《はな》です』

OSHI ni NETSUAI GIWAKU detakara kaisya yasunda

村雨華《むらさめはな》だった。一瞬動揺したけれど、すぐに平静を装う。

でもおかしい。スマートフォンには番号を登録してあるはずなのに。変えたのだろうか。

彼女と話すのは、雪《ゆき》ちゃん含めた3人で話した時以来だった。

戻って来て、なんて言われたあの雨の日。彼の強い優しさをこっそり聞いたあの夜。思い出すだけで体が熱くなる。

厳密に言えば、華ちゃんとは全然話していない。私に対する彼女の態度は、決して良いモノではなかったから。

『事務所のスマホなんです。すみません』

「う、ううん！　全然気にしてないから」

一言も番号のことは言ってないのに、彼女は私の思考を読んだみたいに言葉を紡ぐ。

私の慌て具合を聞いた彼女は、一呼吸置いて話し始めた。

『……お話ししたいことがあって』

「えっと、直接？」

『はい』

前回の会話を思い出すと、直接会ったところで話にならないのが目に見えていた。

けれど、今回は彼女自身が電話をくれている。となれば、夏乃雪音《なつのゆきね》に連れられてきた前回とは違うのだろうか。

「分かった。良いよ」

その確証は一切なかったけど、彼女とはまたどこかで話さなきゃいけないと思っていた。

3人で会った時は『もう会わないのかな』なんて思ったけど。これもある意味、彼のおかげだった。

『今からとか……どうですか』

華ちゃんの提案に乗るのであれば、また電車に乗って繰り出す必要がある。

正直な話、気分的には家で休みたいのが本音。誰とも話さず、寝る前に少し彼と電話して、そのまま夢の中に落ちていく。心はもう、そんな気分だった。

「……ウチに来る？　気兼ねなく話せるだろうし」

なんて言ってはみたけど、本当は私が楽《らく》したいだけなんだけ。華ちゃんだったら、こんな私の狙いも分かっているのかもしれないな。

『迷惑でなければ』

「大丈夫。覚えてる？　変わってないけど、住所教えようか」

『大丈夫です。分からなかったらまた連絡しますので』

「そっか」

そのまま1時間後にお邪魔するということで電話を終えた。

夕方の4時ごろは暑さもほんの少しだけ和らいでくる時間帯だろう。冷たいお茶でもあげよう。少しでも冷静に話をしてくれるように願って。

☆　★　☆　★

村雨華は予定通り、午後４時にやって来た。いつもの変装用ウィッグとマスクをしているせいか、額には汗が浮かんでいた。

冷房を入れていたから、リビングに顔を出した彼女は少しだけ柔らかい表情をしている。

適当に座って、と促す。彼女はあの日の彼と同じ場所に腰を落とした。

キッチンで冷たい麦茶をグラスに注ぐ。直感だけど、最後に会った日と雰囲気が全然違う。今の彼女は少しカドが取れて、私が知っている村雨華だ。

「暑かったでしょ。遠慮しないで飲んでね」

「……はい」

今の言い方、我ながら親戚のおばちゃんみたいだったな……。年をたった一つ重ねただけで、どうしてこうも重みが違うのか。

彼女に向かい合うように腰を落とすと、冷房の風がよく当たって少し寒くすらあった。

華ちゃんは何も話そうとしない。私が差し出したグラスに少し口を付けたぐらいで、あとは視線を落として何か考え事をしている。

うーん。これは私の方から声を掛けた方が良いのだろうか。なんて考えていると、彼女はゆっくりと口を開く。

「ごめんなさい」

「へっ？」

「色々と言っちゃって、その……」

まさかの謝罪だった。小さく頭を下げた彼女は、前回と打って変わって小さい子どものように思える。

慌てて顔を上げるように言うと、少し泣きそうですらある。

あぁそうだったそうだった。華ちゃんはよくこうやって泣くのを我慢していた。負けず嫌いで、意地っ張り。出来ないことがあれば出来るまで練習するストイックさ。それが村雨華を現在地まで押し上げた。

私にキツく当たったのだって、彼との会話を聞いてしまえば分かる。

「別にもう良いよ。気にしてない」

「本当、ですか」

「うーんまあ、そりゃムカついたよ？　でも、華ちゃんはずっとそうだったし。元は私が悪いんだから」

いたずらっぽく笑ってみせると、彼女もつられたように口角を上げた。

でもこの子、私の彼を誘惑したんだよね。その事実は一生消えないんだから。分かってるのかな。今度同じことをしたら、本当に許さないんだから。

「今日はソレを言いに来ただけ？」

深い闇に落ちそうな気がしたから、麦茶を一気に飲んで思考の霧を晴らす。

私はそうやって問いかけたけど、不思議と答えは見えていた。

彼女はきっと、首を横に振る。もっと大事な、何か伝えたいことがあるんじゃないか──。

「いいえ」

うん、想像通り。華ちゃんの性格を考えると、謝罪が出来たのは自分の中で整理が出来たからだ。

もしかしたら、また私に『戻ってきてくれ』と言うかもしれない。でも前回みたく、雪ちゃんの感情的な思いじゃなくて。

思わず固唾を飲む。冷房の風にぶるりと震えなくなるぐらい、緊張感が全身を覆った。

「戻ってきてとは、言いません」

私の想像は外れたけれど、吹っ切れた彼女の表情を見る限り大事なのはここじゃない。言葉を待つ。

「覚えてますか。雪音が言ってたこと」

「えっと……サクラロマンスを辞めたいって」

「はい。それは事実です」

あの日の雪ちゃんを思い出すだけで胸が痛む。本当に無理をさせてしまったと後悔してもしきれない。

二人の態度的にもそうだとは思ってたけど、肝心なのはその理由だった。

「美依奈《みいな》さんが居なくなって、私は目標を失いました」

「――」

「全然熱量が上がらなくなったんです。練習とかも、もうどうでも良くなって」

華ちゃんは過去を紡ぐように丁寧に話してくれた。

桃花愛未《ももはなまなみ》という存在が居なくなって、努力する意味を見失った。私が逆の立場だとしたら、同じように考える可能性もあった。

「いつしかそれを、美依奈さんが辞めたせいだ、って考えるようになったんです」

「……うん」

「でも尊敬していたのは変わらなくて、もう頭の中がぐちゃぐちゃで」

根本的な性格は違うかもしれないけど、この子は私に似ている。考え方とか、行動とか。

あのまま放っておいたら、私みたいに週刊誌へ身売りするかもしれなかった。そう考えると、やっぱり彼の説得は大きい。

「考えはまとまったんだね」

「……はい。ある人に説教されちゃって」

「そっか」

ふふっ。吾朗《ごろう》さんの株が上がりっぱなしだね。絶対に渡さないけど。

彼女は私と彼が恋人関係であることを知っている《察している》。だからか、私の表情を興味深く観察しているように見えた。

咳払《せきばら》いをして、空気感を保つ。彼女の真意を聞きそびれたくなかったし。

カーテン越しに太陽の光が部屋中に広がる。まぶしくて少し目を瞑《つぶ》りたくなった。

「私はまだ、美依奈さんを超えていません」

「……」

「だから——見せてくれませんか」

「え？」

「美依奈さんがまだまだ出来るってところを。これは、私の最後のわがままです」

☆　★　☆　★

夏が近づくにつれ、毎年周りの人間がソワソワし始める。

仕事ばかりの毎日から解放される気になる数少ない期間。お盆と年末年始とは違った意味で心躍る。

昼時。少し浮き足立っているオフィスを抜け出して、オアシスと呼んでも良い喫煙所で一人タバコをふかしていた。

年々喫煙者が減っているのが顕著なぐらいにガラリとしている。いよいよ会社が「全面禁煙」を言い出さないか不安に駆られるほどである。

「お疲れ様でーす」

勢いよく扉が開いて、軽い男が入ってきた。一目見て、懐かしさで思わず声が漏れた。

「おぉ藤原《ふじわら》。元気か？」

「おかげさまで」

営業に異動した藤原だった。会社に顔を出す機会が極端に減ったおかげで、内勤の俺はコイツのことをしばらく見ていなかった。逆にこれまで毎日見ていた顔だけに、ひどく懐かしさを覚えた。

「タバコ吸うようになったのか？」

「いいえ。新木《あらき》さんの姿が見えたんで」

「男に言われても嬉《うれ》しくないな」

「確かに。自分で言ってキモいなって思いました」

この尊敬しているのかナメているのか分からない態度もまた久々だった。別に不快ではないから良いんだけど、それを取引先にやってないか不安になる。ま、桃ちゃんにポスター起用の依頼をした時はちゃんとしてたし、大丈夫だろう。

「一本吸うか？」

「いただきます」

「うい」

俺が差し出したタバコを片手に、慣れた手つきでライターで火を付けている。確か前に時々吸うとか言ってたけど、それは本当らしいな。

「仕事はどうだ？　順調？」

「辛《つら》いっす。慣れてないのもありますけど、めちゃくちゃ気を張ってますね」

「営業はそうだよなぁ」

そろそろ一人で回り始めているころだろう。どの仕事にも言えることだが、やはり慣れるまではストレスを感じるのは仕方ない。俺もそうだったし。

どことなく覇気の無い目は、消えていくタバコの煙を眺めているだけ。性格は営業向きだから心配はしていないけど、中々にしんどいらしい。

「どこかで飲み行くか」

「マジっすか。行きましょうよ」

善は急げと言う。そうと決まれば早い方が良いだろう。だが、近い休みはそれこそ大型連休の始まりでもある。

「そういや、この夏はなんか予定あるの？」

話の流れでそう聞かざるを得なかった。休みの前日の夜なら問題なさそうだが、プライベートに影響が及ぶのなら遠慮したいのが本音である。

「いやフリーっす。笑ってください」

「笑わねえから……」

そんな自虐的になることもないだろうに。俺だって――ふと思考が止まった。

これはまた美依奈を遊びに誘うべきなのではないか、と。冷静に考えてそうだよな。こんな舐《な》め腐った後輩なんかより、恋人を優先した方が良いのではないか。

「なんか失礼なこと考えてません？」

「まさか。気のせいだよ」

「そう言う新木さんこそ、予定ないんすか？」

「なんで無い前提なんだよ」

「え、まさかあるんです!?」

「お前が俺を相当蔑《さげす》んでるのはよく分かった」

「冗談ですよ冗談」

笑いながら煙を吐いているが、全くそう聞こえないのが腹立たしい。まぁ、戯れの一種だとは分かっているけど。なんだかんだ可愛《かわい》い後輩であるのには変わりない。

だいぶ短くなったタバコを灰皿に押しつけて、二本目に手を伸ばした。藤原に一本あげたせいで今日一日持つか不安だ。後で買わないとなぁ。

「あの子誘えばいいじゃないですか」

揶揄《からか》いながら聞いてくる藤原だったが、あいにくタバコと美依奈のことで頭が一杯だった。今日のこれからの行動を考えていたせいで、変に思考が真面目なカタチを成している。つまり軽快な返答ではなく、俗に言うマジレスモード。

「ん、まぁ、そうなんだけどさ」

「えっ⁉」

「今度は何だよ」

タバコを落とすぐらいの勢いで、彼は俺の顔をまじまじと見つめてくる。お前じゃなくて美依奈だったらどれだけドキドキしただろうな、なんて口にはしないけども。

「いやいや！　なんでそんな素直に答えるんすか？」

「…………え？」

「これまでなら絶対否定してたじゃないですか」

そう言われて初めて気づいた。ひどく呆気《あっけ》に取られた顔をしていると思う。証拠に藤原は僅かに口角を上げながら、俺を揶揄う準備を整えていた。

「まさか……進展したんすか」

「あー……いやまぁ……」

適当に誤魔化《ごまか》すのが手っ取り早いのは事実。けれど、ここで嘘《うそ》を吐《つ》いたところで後々バレると余計に厄介だ。

だがストレートに「付き合うことになった」と言い切るのも勇気が必要だ。ただ、これまでの恋愛とは一味も二味も違う。どこが火種になるのかイマイチ読み取れていないのが本音だった。

「ひどいです。俺がフラれたのを横目に」

「八つ当たりって言葉知ってるか？」

普段なら面倒な返答だったが、今はそれがありがたくもあった。回答する時間を与えてくれているみたいで、妙な安堵感《あんどかん》。

タバコに逃げて煙を全身に巡らせる。それで思考が加速するのならこんな苦労しない。

でも本数は増えていく一方だ。

「でもそうかぁ……なんとなくそんな気はしてたんですけどね」

「何も言ってないだろ」

「分かりますって。俺、一応プロの営業ですよ？」

「ルーキーだろうが」

調子の良さは相変わらずなのは分かる。妙な勘の鋭さも健在らしい。これが彼なりの空気を読む技術だったりして。可能性はゼロじゃないが、単純に興味本位だろう。

「まぁ、その。藤原のことは信頼してるから」

「あ、ありがとうございます？」

疑問形になるなよそこで。素直な気持ちなんだから、それこそ素直に受け取って欲しかった。まぁいいんだけど。

ただ少しして、藤原も俺の言った意味が分かったらしく「あぁ」と頷《うなず》きながら笑った。

「あの、俺はマジで応援してるんで」

「お、おう。ありがとう」

「言いふらすような真似《まね》は絶対にしません。否定しないってことは、俺を信頼してくれた証《あかし》ですもんね」

「ま、そうだな」

適当で調子の良い奴《やつ》だが、悪い奴ではない。だからこうやって話にも付き合うし、飲みに誘うのだ。良い加減な奴なら、入ってきた瞬間に喫煙所を出て行くぐらいの行動を取る。

タバコの火を消して、軽く背伸びをする。深呼吸をしたい気分だったが、ここでソレをしてしまうとむせてしまう。

「良いなぁ。俺も恋したいっす」

「宮《みや》さん行けよ。あの人、多分独り身だぞ」

「誰も年増《おばさん》が好きとは言ってませんよ」

「……チクッていい？」

「すみませんやめてくださいお願いします」

タバコも吸い終わったし、ここを出たいのは山々だが藤原が出ようとしない。単に話したいだけならここじゃなくても良いのに。

ていうか、宮夏菜子は思っていた以上に若いんだよな。それこそ俺の少し上ぐらいで。

だがまぁ……藤原から見ればおばさんだな、うん。

「欲しい欲しいって言ってる間は、出来ないんですよね。無欲になってる時、ポッと現れたり」

「確かにそうかもなぁ」

その理論なら、お前はしばらく出来ないだろうな。仕事に没頭して、自分自身を誤魔化してみればいい。それか、俺みたいにアイドルを推してみるとか。それで上手《うま》くいったんだから、説得力があるだろう？　まぁ、それこそ奇跡的な確率なんだけども。

「とりあえず飲みに行きましょう。聞きたいことだらけなんで」

「分かったから。休みに入る前に行くか。予定ないんだろ？」

「新木さんと同じでありません！」

「予定ぶち込んでやろうかこのやろ」

「嘘です嘘です！」なんて笑う。藤原以外に言われたら口も利きたくないが、そう思わせない辺り、コイツの後輩力に脱帽だ。

「山元《やまもと》さんのこと考えてました？」

「悪いかよ」

「いいえ。幸せそうで何よりです。今度奢《おご》ってくださいね」

「はいはい」

☆
★
☆
★

見事なまでに予定が無い。地元の友達と遊ぶとしても、上京してきた自分には手間と時間がかかる。

それに、慣れない仕事のせいで心に疲労感が溜《た》まっているのも事実。帰省する気にはなれなかった。移動で色々と磨《す》り減るのが目に見えていたから。

今日は一人で飲み歩きたい気分だった。普段は誰かと飲みに行きたいタイプだが、昨日新木さんに連れて行ってもらったからその欲は無い。

明日のことを気にしないでいいせいか、家でジッとするのは勿体無《もったいな》いと感じてしまう。仕事に忙殺されている自分の心を露骨に表す感情。充実していないと認めたくない自分とのせめぎ合いの中で、酒に逃げるしかないバリエーションの無さが情けなくもあった。

いつの日か部長に連れてきてもらったバーで、片手にはよく分からないカクテル。単語帳に書かれていてもきっと馴染《なじ》む。電車の中で暗記していた学生時代《あ》の子のことを思い出した。ふと。いま何してんだろ。まぁいいや。

一人で飲むのも悪くない。カウンターには俺と少し離れたところに女性二人組。カクテル色した甘い口内に身を委ねて声を掛けようかとも思ったが、今はそんな気分じゃない。ならどんな気分なのかと聞かれたら、何とも言えない。脳裏にあるのは、昨日話した新木さんと、その想《おも》い人である山元美依奈の顔。

「いいなぁ……幸せそうで」

カラリと氷も落ちない。そんな程度の力しか無い独り言である。口は甘くとも、胸の内は相手が居ない切なさでため息だらけ。

あんな振られ方をしたのは初めてだった。家に行ったら俺よりもデカい男が出てきて、思い切りメンチ切られて。そそくさと逃げてしまった自分もダサいが、裏切られたのだから彼女に対する恋愛感情が一瞬で冷めたのも本音としてある。

とは言えだ。冷めたまま放置された感情は冬の冷気に当てられて、氷の膜となって俺の心を覆い尽くす。それがようやく春の風によって溶けかけていた。

そこにやってきた異動。忙《せわ》しなく心が揺れ動いているせいで、最近はやたらと体の疲労が抜けない。若さはどこに行ったのかと問い詰めたくもなる。

「すみません。ビールありますか」

甘いカクテルに悪酔いしそうになったから、飲み干す前にバーテンダーに声を掛けた。

俺と同世代であろう彼は瓶ビールをグラスに注《つ》いでいる。ジョッキで飲みたいんだけどな。

「――私にも彼と同じのを頂戴」

☆★☆★

彩晴文具のウェブコマーシャル撮影は、すごく新鮮なモノだった。新木さんに同行して見学させてもらったけど、後半はなぜか彼も撮影に参加して俺は一人でその様子を眺めていた。

『全く。好き勝手やってくれるわね』

『うげっ』

聞き覚えのある声を聞いたせいで、社会人としてあるまじき声を出してしまった。そして、それに反応した主は、俺の顔を見てあからさまに見下した表情を見せた。

『あら、お久しぶり』

『……ど、どうも』

宮夏菜子。あの日、山元美依奈と一緒にウチの会社へやってきた敏腕社長である。あの頃より髪が少しだけ伸びている印象を受けたが、口には出さなかった。

変な声を出したことは謝らない。それ以上に変なことを言われたから。あの日、脅された事実は消えないし、俺が消させない。たとえ彼女が裏社会の人間だろうと。俺は負けない。

とはいえ、やはりタレントの仕事ぶりは気になるみたいで、まるで母親のような視線を彼女に送っている。

俺としては、それ以上に気になることがあるんだけども。

『あの監督、自由なの。決まり事なんて守らないことで知られてて』

『へぇ。そうなんですか』

随分と語弊のある言い方のような気もする。それに気づいたようで、宮さんは『あぁ』と言って言葉を付け足した。

『もちろん常識の範囲内でね』

『分かってます』

俺の素っ気ない返事に、彼女は不満そうだった。けれど、だったらなぜ企画段階で指摘しなかったのかとなる。じゃなきゃ、さっきの自身の言葉の意味が通じなくなる。

『ならどうして拒否しなかったんですか？』

『まぁ、単純な理由。あの子とも仕事したことあるし、知らない顔よりは良いでしょって話なだけ』

『……そういうもんですかね』

『あなたは違うの？』

思いがけない追撃だった。大して深く考えていなかったせいで、つい狼狽《うろた》える。けれど、彼女は答えないと逃してくれないだろうな。なんとなくそんな人だと思う。

『楽しくないですか？　新しい出会いって』

『仕事上の付き合いは長い方がやりやすい』

『でも、きっかけになりますよ』

二人きりになった彼らを、二人並んで見ている。客観的に見ても、すごく不思議な状況だった。本当なら隣に居た人が、今この場所の主役の隣に立っているのだから。

ここからだと、新木さんの顔は少し引き攣《つ》っているように見える。流石《さすが》に緊張するだろうな。セリフもあったりして。それだときっと、めちゃくちゃ棒読みになって撮影進まないな。なんて考えていた。

『きっかけ。何の？』

『そんなの分かんないですよ。彼女自身の何かじゃないですか？』

『随分適当なのね』

『新木さん譲りっす』

ここで彼のせいにしておけば、色々と丸く収まるだろうと考えた。案の定、宮夏菜子はため息を吐《つ》いて何も言わない。

それはそうと、撮影は再開したのだろうか。二人が仲良さそうに話しているみたいだけど。山元さんは後ろ姿しか分からない。でも、楽しそうなのはなんとなく読めた。

『アイドルが恋をするのって、どう思う？』

ふと彼女が漏らした言葉は、やけに俺の頭の中にこびりついた。それはまるで——山元美依奈がそうだと言っているみたいに聞こえたから。

それにしても寒いな。彼女はあんな薄着で寒くないのだろうか。あんなに細くて、硝子《ガラス》のように脆《もろ》そうなのに。

『良いんじゃないですかね』

潮風の匂いはあまり好きじゃなかった。高校生の頃、好きだった女の子にフラれたことを思い出す。生まれてはじめての告白だったから、心の中にムカつくぐらい爪痕を残していた。

それもいつか笑える日が来る、なんて言う人も居る。けれどいつまで経《た》ってもそれは変わらない。甘酸っぱくもないし、ただただ苦いだけ。それだけあの子のことが好きだったから。

『どうして？』

『んーまぁ、人間ですし』

『アイドルだよ』

『一緒じゃないっすか？』

人と人が絡み合うと、どうしても予期せぬことが起きるモノだと思ってる。

もっと具体的に言えば、好きになるはずないと思っていた相手に限って、話せば話すほど沼に嵌《は》まっていくみたいに恋焦がれたり。れっきとした相手が居るのに、よそ見したり、ふらついたり。

それは全て、人同士が何かしらで繋《つな》がってしまうから。ずっと一人だったら、そんなことにはならないだろう。けれど、人間一人では生きていけないから、必ずどこかで不具合が起こる。そんなジレンマの中に居るわけで。

『そもそも、俺は気にしないんですけどね』

『何を？』

『ほら良くあるじゃないですか。アイドルの熱愛発覚とか、芸能人の不倫とか』

『どうでも良くないっすか？』

自分でも、思いがけず口が乗ってしまった。少し言葉の威力が強まって、宮さんの元へ向かっている。彼女は溢《こぼ》れる笑みを堪《こら》えようとすらしなかった。撮影の邪魔にならないよう口元を押さえている。

『それはあなたが興味を持っていないから』

『まぁ、それはそうですけど』

『なら、君が好きな芸能人でもなんでも良い。その人に浮ついた話があったらどう思う？』

『……なんか随分詳しく聞きますね』

『深い意味は無いから』

心当たりがあるから聞いてるんだろうな。あんま深く聞くと、色々と面倒なことになりそうだ。また脅されるのは勘弁だし。

生憎《あいにく》、テレビをあまり見てこなかった。だから好きな芸能人とか聞かれても断言出来るだけの知識がない。

だけど自分の好きな子に『実は彼氏がいた』と知った時は、それは悲しいだろう。アイドルのファンというのは、そんなにものめり込むものなのだろうか。

『推しが幸せならそれで』

『あるわね』

イントネーションは、どうしても他人事《ひとごと》のような感じになってしまう。実際そうなんだけど、あまり興味がないと思われるのもな。

でもそれはただの杞憂《きゆう》で、彼女はクスッと微笑《ほほえ》んでみせた。その反応は意外だったから、思わず宮さんと顔を見合わせる形になる。

『彼と同じことを言うのね』

『……これも新木さん譲りっす』

『ふふっ。そう』

無論、流石にそこまでは知らない。ていうか、あの人もそんなキザなこと言ってたんだな。俺の知らないところで。

『ファンっていうのは不思議でね。自分に不都合なことが起こるとひどく攻撃的になるの』

『それはファンと呼べないですよね』

『……そうね』

『すごく虚《むな》しいですよ』

ふと言葉が漏れた。意図せず。

俺の目の前に居る二人は見つめ合っている。まるで恋人みたいな雰囲気で。

あー。きっとそうなんだろうな。この人が聞いていた理由が何となく理解できた。ホント、なんとなくだけど。

『それで推しを否定するのって、それまでの自分自身を否定することじゃないですか』

一生懸命、その子のことを応援していたのに、一つのニュースがきっかけでアンチに変わる。そんな世界だとは理解しているけれど、そんなのは虚しい以外の何でもない。

これまで掛けた時間も、お金も、想いも。全て無かったことにしてしまうってことだろう。落ち込むのは良いけれど、それで叩《たた》くのは違うと思う。

そう考えると、新木吾朗という人間はしっかりしている。その結果、自身の推しと良い感じになってるのだから。神様とやらは、案外ちゃんと見ているのかもな。

『……君って意外と達観してるのね』

『そうっすかね。まだ25ですけど』

『若さゆえの思考、かしら』

そう言う宮夏菜子は、一体いくつなのだろう。全然気にしてなかったけれど、若々しいのは事実。でもそれは「思っていたより歳《とし》を取っている」前提の思考であるわけで。

『あ、あの』

『なに?』

『失礼を承知で聞いてもいいですか』

『……あまり気乗りはしないけど。どうぞ』

思わぬ了承であった。固唾を飲んで聞いてみる。

『宮さんって、おいくつなんですか？』

俺の言葉は、乾いた空気に良く響く。周りにも聞こえてるんじゃないかってぐらい。彼女は苦そうに笑って、ため息を吐いた。

『別に何歳でもいいでしょ？』

『いや、ふと気になって』

『そう。なら、いくつに見える？』

その聞き方自体が、おば――。いややめとこう。これを言ったら絶対怒られる。ブチギレられる。必死に飲み込んで、代わりの言葉を探す。

でも、どう言ったところで怒られる未来は変わらない気がした。その瞬間気づいた。俺はとんでもない地雷を踏んでしまったのだと。

『……怒りませんか？』

『もちろん』

にっこり笑ってるけど、その笑顔が怖い。黙ってれば美人という言葉が良く似合う人だな。本当に。そして分かる。これは先生の「怒らないから言ってごらん？」と同じ展開だ。

『ごじゅう――』

言い切る前に腹にパンチが飛んできた。容赦ないそれは、まさに俺の体を捻《ね》じ曲げるぐらいの痛みである。

『そんなイッテないから』

『ほ、ホントに……？』

『なに？　ケンカ売ってんの？』

『い、いえ……』

絶対50代だと思ってた。ということは、まさかの40代か。それか、奇跡の30代とか。それなら新木さんとさほど変わらないじゃないか。どちらにしても、これまでの論理展開が間違っていたみたいだ。

宮夏菜子は「若々しく見える」わけではなく「年の割には老けている」ということだ。こんな面白いことはない。

『あ、そうそう。言いふらしたら潰すから』

『……』

☆　★　☆　★

——なんてことを思い出したのは、例に漏れず聞き覚えのある声がしたからである。入り口から俺の方にやってくるのは、まさかこんなところで会うと思ってもいなかった人である。

「今晩は。藤原さん」

「ど、どうも……」

思わず狼狽《うろた》えそうになったが、なんとか平静を装った。本当になんとか。

「一人なんて。寂しいのね。あなた」

「……お互い様じゃないですか」

「それもそうね」

初めて会った時よりも、やっぱり髪が伸びている。妙に色っぽく見えた。この夜に沈んだ空間には、少し明るすぎる色が気になるが。

了承を得ることなく俺の隣に腰掛けた彼女――宮夏菜子は、薄手のジャケットを脱いで椅子の背もたれに掛けている。香水の香りだろうか。仕事で会った時にはしなかった甘い匂いが鼻を抜けた。

「ここでビール飲む人、初めて見たかも」

彼女がそう言ったのは、グラスに注がれた黄金色が俺の手元にやってきたからである。

「いいじゃないですか。メニューにあるんだし」

「そういうことじゃなくて。空気が合わないでしょ？」

「……そうですかね」

程なくして彼女の手元にも同じモノがやって来た。ジョッキじゃないせいか、並んでいるソレを見ると違和感しかない。彼女が言うことも分かる気がした。少しだけ。

「折角《せっかく》だから乾杯しましょ。不思議な出会いに」

「……そうっすね」

甲高い音色は一人だと絶対に聴けない音だ。今日は耳にすることないと思っていただけに、変な感覚がした。

喉を落ちていく庶民的な炭酸の味。やっぱ俺にはこういうのが合っている。変に背伸びするんじゃなかったよ。本当に。

「あなた、よく来るの？」

「いや。一回だけ連れてきてもらったんです」

「なら今日はどうして？」

「……一人で飲みたい気分だったんですよ」

「あらそう。ならお邪魔かしら」

意地悪な聞き方をしてくるなって思った。俺に何を言わせたいのか分からないけど、一人で飲むよりは幾分マシだろうと判断する。

「別に大丈夫ですよ」

片手で数える程度しか会ったことない相手ではある。そこにはいつも、俺の隣には新木吾朗が居て、彼女の隣には山元美依奈が隣で輝いていた。

けれど、今日はたった一人。見慣れていないせいか、妙な緊張感が襲ってきた。宮夏菜子は俺にとっても取引先と言っていい。無下にする理由はないのだ。途端に思考が仕事っぽくなったが、暇よりはいいか。

「宮さんはよく来られるんですか？」

「ん、まぁね。それでも久々だけど」

「へぇ。今日はどんな風の吹き回しですか？」

細い指でグラスを喉に向けている彼女は、俺のそんな質問に少し微笑んだ。

「あなたと同じ」

「……なるほど」

誰にだって一人で飲みたい日はある。それが偶然重なったというわけだ。出来ることならもっと若い人が良かったな、なんて口にしたら会社に告げ口されるだろうからやめておこう。

「でもいいんですか？　僕なんかと話してて」

「いいんじゃない？　適度に知らないぐらいの人だから」

「まぁ……確かにそうですね」

なんとなくだったが、彼女の言う言葉の意味が分かった気がした。気を遣う相手ではあるけれど、何がなんでも話をしなくちゃいけないというわけでもない。

要は、無害な相手ということだ。不思議だな、だって彼女は取引先であるのに、そう思ってしまう自分が居るのだから。でも、宮夏菜子の言葉に同調するほかないぐらいにしっくりときた。

「……よく分からないものね。人のために動くっていうのは」

らしくないなと思った。全然この人のことを知らないのに、そんな言葉は似合わないと言いそうになった。

「あなたならどうする？」

「何がでしょう」

「どうするのが一番いいのか、迷った時」

「随分抽象的な質問ですね」

俺がそう言うと、彼女は「確かにね」と笑った。何か思い当たる節があったようで、それ以上は何も言わなかった。

気にする素振りを見せず、ただビールを飲み干す彼女。その態度を見れば、答える義理は無いということだろうか。ただこのまま話を切り上げるにしては、あまりにも中途半端な気がした。

何より、言葉の真意が気になった。それはきっと、俺が知らない世界のことだろうから。

あぁ変なところで新木さんに触発されてるなぁ。そう思ったところで、この感情は変わりそうにもなかった。

「まぁ……」

「あぁ答えなくていいの。忘れて」

と言ってくれたが、喉までせり上がってきた意思はもう止められそうになかった。

「自分を信じますかね。とりあえずは」

大層なことはしたことがない、その辺に居る若造の言葉である。自分でも思ったが、薄っぺらいったらありゃしない。説得力なんてどこにも無い。ただ表面しか見えない言葉。

それなのに、俺よりもたくさんの経験をしてきたであろうこの人は、少し驚いていた。

「なるほど。良いこと言うじゃない」

「そうですかね……自分で言っておきながら説得力ないですけど」

「そんなことないんじゃない？　言われてハッとしたよ。私だって」

何に悩んでいるのかは分からないが、言われてみると確かに顔が明るくなったような、なっていないような。

灯台下暗しというか、原点に立ち返るというか。まるでそういう感覚を思い出したかのようだ。思いがけない反応だったから、妙に恥ずかしくなってビールを一気に流し込んだ。

「まぁアレですよ。新木さんが居るから大丈夫でしょう」

「あら、随分適当ね。それがあなたの本音？」

「どうでしょうね」と笑ってみせると、彼女もまた笑った。色々抱え込んでいるらしい。

俺の失恋なんてどうでもいいぐらいの大切なモノをたくさん、その胸の中に隠している。

チラリと視界に入るまっさらなグラス。喉はまだまだ黄金色を欲している。

「ビールのおかわりを」

「ふたつね」

この不思議な夜は、まだ終わりそうにない。

☆★☆★

7月にもなれば、流石《さすが》に汗でベトつく。特に夜は一日の行動量がそのまま髪の毛に付着するから気持ちが悪い。

ちょうどシャワーを浴びようかと考えていた時に、藤原から電話があった。連休初日から何かやらかしたのかと思い話を聞くと、どうやらそういうわけでもないらしい。

いや、どちらかと言えばその部類に入るんだろうが、別に放っておいても問題はない案件である。と言うのも、彼の口から飛び出してきたのは意外なことに宮夏菜子の名前だったからだ。

美依奈から教えてもらったが、彼女は作曲家を志していたらしい。自分の曲にマスターの歌詞を乗せることが一つの夢になっていた。そのピースをはめ込むのが、山元美依奈というわけだ。不思議な因果である。


それはそうと、藤原の話によれば二人で飲んでるという。あまりにも意外な展開に驚いたが、それだけじゃない。藤原は、あの彼女《宮夏菜子》が泣き上戸だと言うのだ。そんなわけはないと笑いながら言ったが、彼は俺の言葉に被《かぶ》せるぐらいの勢いで否定した。

「私なんてもうダメなんだよぉ……なーんにも思いつかない人間なんだよぉ……」

藤原の電話そのものは、俺に助けを求めるモノだった。ただ泣き崩れ、顔を伏せ切っている彼女を実際に見てしまうと、彼の気持ちもよく分かる。

やたらと雰囲気の良いバーだった。時間も遅いせいか、宮さんが泣いていたところで周りは気にする素振りすら見せていない。深酒してるが故の思いやりだろうか。

「いったいどんだけ飲んだんだよ」

藤原の隣に腰を落としながら、呆《あき》れた様子を醸し出しつつ問いかける。

「ここではビール三杯ですよ。でもなんていうか、この人どこかで飲んできたんじゃないですかね」

確かにそう考えるのが自然だ。俺が知っている宮夏菜子は、ビール三杯でこんなになる

人間じゃない。となれば、藤原と会う前に一人で相当な量を飲んでいたと推察出来る。

「んー……おい新木ー。何しに来たんだよー」

騒がしさに違和感を感じたようで、彼女はムクリと体を起こした。随分と伸びた、、声である。それが酔いのせいであるのを証明するように、彼女の瞼《まぶた》は情けなくなるぐらいに開こうとしない。

「どうも。寝ててくださいよ」

「うるせー。喋《しゃべ》らせろー」

空になったグラスに口付けたものの、当然大人が大好きな黄金色は流れてこない。それがムカついたらしく、彼女は分かりやすく舌打ちした。

けれど頼むまでもなかったらしい。代わりに藤原が頼んでくれたであろうお冷を美味《おい》しそうに流し込んだ。

「あんたはー！　当事者なんだしぃー！」

「相当酔ってるなコレ……」

「良かったっす。新木さんが来てくれて」

「おらこっち来い」酔っ払いがそう言うもんだから、藤原を差し置いて彼女の隣に腰掛けた。「帰って良いぞ」と彼に言うと、想像していなかった言葉が返ってきた。

「いやいや流石にそれは出来ないっす。お付き合いしますよ」

「……お前なんだかんだ良い奴《やつ》だよな」

「最初から周知の事実ですよ、それ」

藤原も飲んでいるらしいが、まだ余裕があるようだ。そうじゃなかったらこんな気が回らないか。それに二人を連れて帰るのは流石にしんどい。こうやって呼び出しに応じる俺も中々に良い奴じゃないかと心から思う。

「もうほんとダメだよ私は……もう……」

「どうしたんですか。らしくない」

「らしくないなんて決めないでよ」

チクリと針で刺されたみたいな痛みが走った。俺のその言葉が先入観でしかないと気づけたのは、頭の中にアルコールが居座っていないからだろう。

言われてみると、俺が普段から見ている宮夏菜子が本当の姿だとは限らないわけで。あの様子が虚栄に近いものであるのなら、相当なストレスを抱え込んでいたとしても不思議ではない。

スポーツ選手とかによくある、自分にプレッシャーをかけて結果を求めるアレに近いのだろうか。結果が出る《・・・・・》その前に心が潰れることだって、なきにしもあらずだ。

「無理しちゃダメですって。自分が潰れちゃったら、困るのは彼女《美依奈》ですよ」

「そうしなきゃダメなのよ。あの子の輝きを最大限に生かすためには……私次第なの」

カウンターに左肘を乗せて話を聞いている。藤原もなんだかんだ気になるらしく、俺と同じ姿勢で残ったビールを飲んでいる。あまり美味しそうにしていない表情が、彼の心の中を映し出しているよう。

ただ、彼女が言う言葉の意味を理解しているのは俺だけだろう。悩み。苦しみ。その根源にあるのはきっと、作曲のことだ。

作曲家としての宮夏菜子は、マスター《北條輝》とは違って名が知れているわけではない。それでも実績がゼロというわけでもないから、それが余計に心を押し付けている。

言い方は悪いが、中途半端な実績。下手に言い訳の利かない状況であるが故の苦しみである。

「……あの。だったら依頼するって手もあると思うんです」

そう言ったのは俺じゃない。隣に座っていた藤原だった。虚《うつ》ろながらに俺の目を見ていた彼女の瞳が、するりするりと動いていく。

「あなたからそう言われると思わなかった」

ぼんやりとつぶやく。力の無い、夜の空気に一瞬で溶けていく言葉。悲しそうで、でも、後悔しているような声。

「何の話してるのか分かるのか？」

「分かるっていうか、自分で言ってたんで」

「作曲のこと？」

「はい」

宮さんにしては脇が甘いと思った。それぐらい頭がパンクする寸前だったということだろうか。誰にだってそういう時はあるから、彼女を追い詰める気にはなれなかった。

それに藤原であれば顔見知りだし、コイツは彼女に恐怖心を抱いている。下手に言いふらすことはしないだろうと、心が緩んだとしたらそれも仕方のないことだ。

「……依頼か。今ならまだ」

違う。そんなことを望んでいるわけがない。マスターにあんだけ強気で言ったのも、きっと自分にハッパをかけただけ。

そして、心の底からプロデュースしたい相手が出てきた。本当に大切だからこそ、悩み、苦しみ、もがいている。その気持ちは俺にも分からないわけじゃない。

「一旦、自分が思う通りにやってみてくださいよ」

「随分と知った口を叩《たた》くのね。少し話したぐらいで」

「少し話したぐらいだからこそ、言えるんですよ。こんな無責任なこと」

藤原も言い返している。恐怖心を抱いているようには見えないぐらいにハッキリと。なんだかんだ、コイツも酔っ払っているんだろうな。

だが俺も、彼の意見に賛成だ。作曲をしたこともないし、しようと思ったこともない。

だからこそ、闇雲に背中を押すしか出来ないのだ。藤原のように、無責任だと認めつつも。実際、宮夏菜子が欲しているのは彼が言ったような言葉なのではないか。

「ムカつくわね。あなた。新木君以上に」

さりげなく傷つくことを言われたが、そう言う宮夏菜子の口元は柔らかい。明日にはこの記憶も朧《おぼろ》げになっているかもしれないと思えば、それはそれで儚《はかな》い。

一人のファンとしては、宮夏菜子と北條輝《ほうじょうてる》の曲を歌う山元美依奈が見たい。その曲を聴いてみたい。二人の曲で、七色に輝く彼女を。

結果は蓋を開けないと分からない。たとえ自信作でも鳴かず飛ばずかもしれないし、自信がなくてもヒットするかもしれない。実際問題、この段階で頭を抱えても仕方がないのだ。無論、宮夏菜子はそのことを理解しているだろうが。

「宮さんなら大丈夫じゃないですか？」

「また適当なことを……」

「だって、誰よりも山元さんのことを考えてるじゃないですか」

藤原が帰らなくて良かったと思う自分が居た。彼が居なかったら、トンネルの先にある僅かな光まで辿《たど》り着けなかったと思う。

「それに、魅力を最大限に引き出すのは山元さんでもあるんですよ」

「……そう。そう、ね。うん。確かに」

クリエイターは、タレントが持つ魅力を生かそうとする。一方で、クリエイターが作った作品が持つ魅力をマックスまで引き出すのがタレントである。

なるほど、と素直に感心した。宮夏菜子もそうだが、俺は藤原のこともよく理解していなかったらしい。俺なんかよりも全然頭が回るじゃないか。同じ部署の時はマジで脳筋だったのに。それを仕事で生かせと言いたくなったが、ここで言うのは野暮《やぼ》だろう。

「あーあ。酔っ払った。はぁ……」

「寝ちゃダメですよ。帰りましょう」

「さっき寝てて良いって言ったじゃないー」

宮さんの酔い具合は大層なモノで、一人で帰すのは少し心許《こころもと》ないのが本音だった。俺と藤原、そして彼女の三人で並んで立っているが、起きているのか寝ているのか分からない表情をしている。かつての美依奈を見ているようで、少し可笑《おか》しい。

幸い彼女の家《事務所》は知ってるし、俺が送り届ければ良いだけの話なんだけど、そうさせなかったのは藤原だった。

「そこまで面倒見てもらうのは申し訳ないんで、俺も行きますよ」

「先に帰っていいぞ」

「いやいや流石《さすが》に甘えすぎかなと。お供させてくださいよ」

別に藤原から飲もうと言ったわけじゃないのだから、そこまで気に掛ける必要は無いんだけどな。やっぱりコイツは変なところで優しい奴である。まぁ素直に帰ると言われるよりはマシだしな。

店を出て国道沿いに立つ。人気《ひとけ》が消え失《う》せかけている時間だ。終電はもう無い。

「家、知ってるんですか？」

「一応な。事務所兼ねてるんだわ」

「あぁなるほど」

そんな会話をしながら通りかかった流しのライトに手を伸ばすと、ハザードランプを点滅させながら俺たちの前に停《と》まった。深夜料金を示す「割増」が無駄に視界に入る。

とりあえず後部座席に乗り込んで、その隣に宮さんに座るよう促す。藤原は助手席のドアを開けて、一人乗り込んだ。まぁ大人三人、後ろに座るのは少し無理がある。

具体的な住所は分からなかったから、とりあえず最寄り駅を告げて走り出す。具体的な道のりはそれから示せばいいんだから。

「でも安心しましたよ。なんか」

藤原が揚々とした声でそう言う。車内のラジオを掻《か》き消すぐらいの十分すぎるボリュームで。

「何がだ？」

「宮さんっすよ」

そう言われるが、イマイチ言葉の繋《つな》がりが理解出来ない。コイツも中々に酔っているようだ。まぁ今の宮夏菜子に比べたら全然だが。

「どういう意味だ？」

「いやーこの人も人間なんだなって思いましたよ」

「まるで人間じゃないみたいな言い方だぞ」

「そりゃそうでしょうよ」

チラリと横を見る。窓に寄り掛かって瞼を閉じていて、少し安堵《あんど》した。これを聞かれていたら間違いなく藤原は死んでいただろうな。

それにしても、いつも以上に声の高揚感を感じるのは気のせいだろうか。一体どんな会話を繰り広げたのか気になる。

「そう思ってしまうぐらいに話したってことか？」

「まぁ……えぇまぁ……」

「……やけに歯切れ悪いな」

どうやら俺には言いづらいらしい。悪口とか言われてたりして。所属アイドルと恋人関係になった馬鹿野郎とか。言われてても文句は言えないよな。そりゃ。

「色々聞いたんすよ。仕事のこととか」

「具体的には？」と聞きそうになったが、あんまりがっつくのは気が引けたからグッと堪《こら》える。一度咳払《せきばら》いをして、窓の外に光るビルの灯《あか》りに意識をやる。導き出した言葉は、もう喉を通り過ぎている。

「そうか」

「……興味ないんすか？」

別にそういうわけではない。俺なりに気を遣ったつもりだったが、コイツにはそれが逆効果だったらしい。というか、何で後輩の藤原に遠慮しているのかとツッコミたくなる。いや、コイツじゃなく、隣で眠っている宮夏菜子に気を遣っているのだ。彼の口から繰り出されるのは、きっと本音。弱音。彼女らしくない言葉を聞いてしまったら、どこか心に染みる痛みが出てくると思ったから。

「そういうわけじゃない。結構突っ込んだ話したのか？」

「ええ。と言っても、彼女にとってどれぐらいの重さかは分かりませんけど」

「まあそれは。やっぱ色々抱えてんだな……」

詳しく聞こうと思っていた時、運転手が「駅の近くに着いた」と口にした。ここからは俺が道のりを指示しなくちゃいけない。あぁ変に気を遣わなければよかったな。全く。藤原も、事務所までの道中は何も言わなくなった。彼なりに気を遣っているようだ。俺とは全く違うな。質が。情けなくなるよ。

数分もすれば、目的のマンションが見える。運転手にその旨を告げると、玄関の前にピッタリ停めてくれた。

「宮さん。着きましたよ」

「あーはいはい……」

意識はあるようだ。自動ドアが開くと同時に降りていく。残された俺は運賃を支払うことにする。これぐらいの出費は良い。痛くないわけではないが。

藤原も財布を出していたが、軽く制止するときまりが悪そうに助手席のドアを開けた。

「すみません。何から何まで」

「気にすんな。てか乗ってて良かったぞ？」

「お供しますって。送り届けて帰ります」

「変なところ律儀だなぁ。ま、ありがとうな」

俺が逆の立場ならそのまま帰ってただろうな。ここから帰るのも面倒だし。

「ほら宮さん、帰りますよ。鍵出してください」

「あぁ、はいはーい」

肩を支えるまでは行かないが、足取りがおぼつかないな。やっぱり降りて正解だった。転倒して怪我《けが》でもさせたら美依奈にも悪い。

鍵を差し込んでオートロックを解除する。そのまま流れるようにエレベーターまで足を進めて、一階に待機していたソレに乗り込んだ。

目的の階に着くと、慣れた様子で部屋の前まで歩く。どんなに酔っていても間違えることはしないタイプか。鍵を差し込んで、ドアノブを回す。

真っ暗な廊下を予想していただけに、目の前に広がった光景は思わず目を疑った。

「あれ、誰か居る？」

「……一人暮らしなんですか？」

「そのはずだけど」

靴を脱ぐ宮夏菜子をよそに、ドアの前で部屋の中を覗《のぞ》き込む俺と藤原。顔を見合わせて、その不可解さに気づくのに時間はかからなかった。

そんな俺たちをよそに、彼女はドカドカとリビング目掛けて歩いている。そりゃそうだよな。自分の家なんだから。なのに誰か居る状況はどう考えても可笑しいだろう。もしこれが不審者だったりしたら――。

「一応見に行きますか？」

「だな」

靴を脱いで、彼女に続く。万が一に備えて、いつでも通報できる状態にしておく。

宮さんがリビングの扉を開ける。すると聞こえる女性の声。宮夏菜子じゃなくて、俺が聞き慣れた声。

「夏菜子さんー。そんなに酔って」

「あらミーナちゃーん。来てたのー？」

「仕事終わりに寄ったら留守だったので。掃除とかしておきましたよ」

不安は安堵に変わる。後ろにいる藤原に「大丈夫だ」と言うと、彼もまた一つ息を吐《つ》いた。

そして、足音が終わらないことに美依奈も気づいたらしく、廊下を覗き込んだ彼女と視線が合った。

「ご、吾朗さん？　それに……」

「藤原です。またお会いしましたね」

俺としては美依奈が居ることが不思議だが、彼女からしたら俺たちが一緒なのが意外といったリアクションだ。それもそうか。仕事じゃなく、プライベートで会う機会なんて考えづらいし。

「どうしてお二人が？」

「それは藤原から――」

「簡単に説明するとですね――」

彼がこれまでの流れを話し始めた。一人で飲んでいたところに彼女が来たこと。酔い潰れてどうしようもなくなったから、俺を呼んだこと。そして三人でここまで来たこと。丁寧に順序立てているから、分かりやすい説明である。

「あはは……大変だったんですね」

「お互い様です。楽しかったですし」

「山元さんこそ、なんでこんな時間まで」

「何か帰るのも申し訳なくて。多分、明日夏菜子さんには怒られるかな。早く帰ってなさいって」

簡単に想像出来て、思わず笑みが溢《こぼ》れた。

それで、肝心の宮さんの姿がない。辺りをキョロキョロ見渡していると、放り投げられたカバンだけが視界に入る。

「夏菜子さん、寝室に行っちゃったみたい」

「まぁそうなるよな……。あんなになってるの初めて見たよ」

「うん。私も」

そんな会話を二人でしていると、藤原が少し笑いながら背中を向けた。

「俺、帰りますね」

「一緒に帰ろう。タクシー呼ぶから」

「いいですって。お二人の邪魔したくないですし」

「あはは……」

気を遣われてばかりだな。今日は。俺が面倒を見ているつもりだったけど、どうやらそういうわけではないようだ。

今の姿、ゲームの友人キャラみたいだぞ。マジで。それを言ったらどんな反応が返ってくるか気になったけど、やっぱりやめた。

藤原を見送って、リビングに戻る。美依奈が宮さんのカバンをソファに丁寧に置き直している。ソレが済んだら一緒に帰ろう。タクシーを呼ぶ準備をしていると、彼女が話しかけてきた。

「吾朗さんは飲んでないの？」

「うん。シラフ」

「そっか。ならさ、少し話して帰ろうよ」

「……おう。俺もそうしたいって思ってた」

スマートフォンの画面にあるタクシー会社のホームページ。嘘《うそ》をついているわけじゃないから、ポケットにソレをしまう。隠しているつもりはない。ただ、夜に沈めただけだ。でもすぐに、その夜を静寂が包み込んだ。さっきまで騒々しかったのは消え失せて、目の前にあるのはただ俺が美しいと思う唯一の人だけ。

腰掛けた椅子は、ふわふわと浮いている雲みたいな感覚。簡単に砕け落ちそうなのに、しっかり支えてくれている。

「吾朗さんも災難だったね」

「いいや。なんだかんだで楽しかったよ」

心配しているというよりは、少し俺を揶揄《からか》っているような声色。不思議と悪い気はしない。

ソレを言ったら美依奈だって災難だ。仕事終わりに立ち寄っただけなのに、宮夏菜子が帰ってくるのを待っていたなんて。律儀というか、何というか。

「美依奈こそ、こんな遅くまで」

「あはは……実は休憩のつもりで寝ちゃって」

「そういうことか。でも良かったよ。休めたみたいで」

「ありがと」

テーブルを挟んで向かい合って座っている。俺たちの間を流れる穏やかな空気には、疲労を忘れさせる不思議な力があった。

美依奈の表情を見つめてみると、やはり疲れているようだ。昼寝したとは言え、簡単に疲労は抜けない。年を重ねれば重ねるほど。まだそんな年でもないけれど、精神的な疲れは肉体的疲労を増長させるから。

「でも良かった」

呟《つぶや》くと、彼女の頭の上にクエスチョンマークが浮かんでいた。随分分かりやすいね、とは言えなかった。怒られる気がして。

「どうしたの？」

素直な声だった。俺の声が穏やかだったせいか、変に不安がってはいない。

「ううん。なんでもない」

「なんだそりゃ」

「えへへ」

それは安堵《あんど》に近い何かだった。

心の中に眠らせていた君への想《おも》いを吐露するみたいに、零《こぼ》れ落ちた感情。でも美依奈は、少し寂しそうな顔をした。イマイチ理由は分からなかったけど、それはすぐに解決した。

「ごめんね。ワガママに付き合ってくれて」

そうじゃないんだ。君のソレはワガママでもなんでもない。でもそうやって謝ってくることが、山元美依奈という人間の本質をよく表している気がした。

ふるりふるり、首を横に2回振る。視線が合う。目尻は下がっていて、本当に申し訳なく思っているようだ。そんな顔をしないでよ、と咄嗟《とっさ》に紡ぎそうになったが、あえて堪《こら》えた。

「おばかだな。美依奈ちゃんも」

「そ、そんなこと言わないでよ……意地悪」

目線を落として拗《す》ねた様子を見せつけてくる。可愛《かわい》い。本音を言えばこのまま押し倒したいが、ここは人の家である。流石《さすが》にそこまで節操無しではない。

「ワガママなわけないさ」

「そう、かな」

「そうだとも」

と言ってはみたが、代わりに紡げるだけの語彙力は持ち合わせていなかった。

別にワガママだとは思っていないし、それが美依奈の仕事だと理解している。けれど「仕事だから」と簡単に割り切ることが出来ない自分が居るのもまた事実だった。

「でも……」

腑《ふ》に落ちない様子の彼女を見るたびに、やはりこの子は自己評価が低いと感じる。全然そんなことはないのに、全て自分のせいだと思ってしまう。

そして、そんな君のことを支えたいと思ったから、俺はこうしてこの場にいるのだろう。

本当なら、手を伸ばして君を抱きしめたい。でも、そうしてしまったらもう、歯止めが利かなくなるのは目に見えて明らかだったから。

「それが美依奈の夢なんだから」

人間とは不思議なモノで、全く頭の中に無かった言葉が突然姿を現した。言霊となって美依奈の体に吸い込まれていくその様は、非常に心地の良い感覚。

夢、そうだ、夢だ。目標よりも少し先にある最終地。そこに向かって、いま彼女は努力を重ねている。仕事はその糧になっているだけで、決してワガママなんかじゃない。

「夢のために、あなたを蔑《ないがし》ろにしたくない」

でも、そうやって気にかけてくれることが何より嬉《うれ》しかった。心臓は鼓動を早めて全身に血液を送り込む。比例するように体温が上がっていく感覚だ。

あぁ、そんな顔をしないでくれ。君へ手を伸ばしたくなるだろう。今はだめなんだ。今は。きっとこれから何度もやってくる困難。ここはどうしても乗り越えなきゃいけない場所なんだ。

「そう言ってくれること自体、蔑ろにしてないって証拠だよ」

「……ホント優しいよね。吾朗さん」

「君にだけ」

「うん。知ってる」

笑ってはくれたけど、それはただの照れ隠しであった。俺から視線を逸《そ》らして、少し俯《うつむ》く君を見て、相変わらず体の中心は鳴くのを止《や》めない。

それにしても、壁時計の音がよく聞こえる。チクタクチクタクと刻む。残りの人生を切り刻んでいくみたいな音。いずれやって来る終わりを告げる音色である。

あぁ、変にセンチメンタルな気分だ。夜中なのに、思考は朝を迎えたばかりの爽やかさがある。美依奈は何を思うか分からないけど、今日はこのままお暇《いとま》するのが一番良いようだ。

「そろそろ帰ろうかな。長居すると宮さんにも悪いし」

美依奈は逸らしていた目線を合わせて、またすぐに逸らした。その意図は俺でもすぐに分かった。

「美依奈はどうする？」

「私は……泊まるよ。夏菜子さん、二日酔いしないか不安だし」

一緒のタクシーで帰ることも出来た。でも彼女の優しさというか、気遣いを無下にするのも違う気がする。それに美依奈が泊まるのは客観的に見ても普通。俺が居座るのは違うだろう。

「そっか。遅くまで付き合ってくれてありがとうね」

「ううん。私の方こそ」

椅子を引いて立ち上がる。床と椅子の脚が擦れる音が響いた。少し雑にやり過ぎたと反省する。

そのせいか、妙に足音を立てないように歩いてしまう。ゆっくり足の裏が床に着くたびに、見送りに来てくれた美依奈の甘い匂いが鼻を抜けていく。

靴を履こうと足を伸ばす。

その時だった。着ていた服の裾が何かに引っかかる。慌てて半身振り返ると、その原因は彼女にあった。

「美依奈？」

彼女の右手は、確かに俺の服に伸びている。問いかけても何も言わない。ただ指先に残る力はキュルリと回転数を上げていく。その熱で服を溶かしてしまいそうだ。

振り払うのは悪いと思ったから、その手を優しく摑《つか》んで包み込む。「どうしたの」と甘えた声で再度問いかけると、彼女は紅潮させた頰《ほお》を俺にハッキリと見せつけた。


「──ギュッてして？」


ハートの波がやって来る。熱とともに。それはそれは俺の心を奪い去る。少し落ち着いていた体の中心は、エンジンを再加速させるみたいに鳴った。

脈打つ。頰の紅潮が伝染する。けれど、それを拒む理由はどこにも無かった。両の手を広げて、僕が誰よりも大切な君を体の中に包み込む。

抱きしめると、その細い体が伝わってくる。腰に手を回してくれる君のその、小さくて大きな恋心を確かめるみたいに。

決して大きくはない胸も、サラリと伸びた黒髪も、白くて細い脚も。その全てが愛《いと》おしくてたまらない。

「どきどき言ってる」

「そりゃそうなるよ」

「うん」

俺の胸に顔を埋《うず》めている彼女は、まさに感情を把握しているのと同義である。不思議と今は悪い気はしなかった。

これもある意味、山元美依奈のワガママ。でもこれでいいんだ、これで。彼女が辛《つら》い時、素直に吐き出せる環境を作ってあげることが、なによりも大切だから。

つくづく、互いの家じゃなくて良かったと思う。じゃなきゃ、このまま押し倒していたに違いない。その代わり、彼女を包む力を強くする。

「痛い？」

相手の体がビクッとしたから、思わず力を緩めた。けれど、美依奈は首を横に振って否定する。

「すごく、暖かい」

心が満たされていく。この夜に。

あぁ、くそ。帰りたくなくなる。このままずっと、君のことを抱きしめていたいのに。

気持ちを押し殺して、名残惜しさだけが二人の空気を包む。紅潮した頬は変わらない。

互いに近づいていく感情。でもそれは、ガラリと鳴った戸によって邪魔されることになった。

苦笑いしながら介抱する君。俺に目配《めくば》せして帰っていいよと笑う。その笑顔は、どこか少し寂しそうだった。

☆★☆★

そうやって抱きしめた時には気が付かなかった。あの時はそうでもなかったのかもしれないけど、最近の美依奈《あのこ》は、いつも考え事をしているように思えた。

電話をしていても、テレビ電話でさえボンヤリとした回答が返ってきたりする。

何かあったのか、と問いかけても『何もない』とか『大丈夫』と返されるだけ。その時点で何かあったようなモノなのに。

8月初旬。俺は仕事終わりに美依奈に電話を掛けていた。宮夏菜子からはこの日がオフだということを聞かされていたから、すぐ出てくれるだろうと踏んで。

『もしもし？』

「美依奈、いま大丈夫？」

『う、うん。どうしたの？』

「いまからデートに行こう」

雑踏の中での提案だった。仕事を終えて、最寄りの西荻窪《にしおぎくぼ》駅で下車。壁際に寄って、彼女の綺麗《きれい》な声に耳を傾ける。

案の定、彼女は戸惑っていた。あまりにも唐突だったし、時間も夜の７時過ぎ。いまから行けるところなんて限られている。

でも、俺たちは一度使ったあの手法がある。レンタカー作戦だ。少し遠出して星空を眺めるだけでも、彼女の気が紛れると思った。

『また、連れてってくれるの？』

「うん。どこまでも」

するとと美依奈は、少し考えて。

『……うん。待ってるね』

笑いながら、そんなことを言ってみせる。でも、それが空元気なことぐらいお見通しだった。

やっぱり何か隠してる。そうじゃなくても、悩み事があるのは間違いない。無理に聞き出すようなことはしないけど、俺が聞かずして誰が彼女の悩みを聞いてあげられるんだ。

話を聞くと、彼女もいまは家に居るという。だから前回と同じように、駅近くにあるレンタカー屋で車に乗り込み、彼女の自宅前まで走る。歩くと少し掛かるが、車だったら一瞬だ。前回も同じことを考えてたっけ。

マンションの下で彼女にメッセージを送ると、あの日と同じように『いまから下りるね』と絵文字付きで返ってきた。その言葉通り、1分もしないうちに彼女の姿が見えた。夏の夜とは言え、風が吹けば少し涼しい。それに虫刺されとかもあるから、長袖のシャツを羽織っていた。脚がすごく細いおかげで、ジーンズが良く似合う。

「どこに行くの？」

助手席に乗り込んできた彼女の疑問はもっともだ。実際、俺も見切り発車なのが本音。少し考える。この日の関東は快晴で、雲一つ無い一日だった。天気予報では、明日まで続くと言っていた。

「明日は早い？」

「午前中はオフだよ」

「……なら、よし分かった」

目的地は頭の中に浮かんだ。車のナビに打ち込むと、彼女が覗《のぞ》き込んでくる。内緒にしたい気持ちもあったが、いかんせん土地勘がなかった俺の責任。こういうのはちゃんと準備していかないといけないなぁ。やっぱり。

車で1時間半程度。日付が変わる前には帰ってこれるだろう。西荻窪駅近くの店舗が深夜返却出来て助かった。

「寝てても良いからね」

「む。私とおしゃべりしたくないの？」

「なんでそうなる」

面倒くさいところは健在だな。それが良い。山元美依奈が気を抜いてくれている感じがして、俺としても気が楽だ。

彼女は着実に、俺の手が届かない遠いところへ行こうとしている。こうやって隣に居てくれてるけど、本当は俺なんかと付き合っているような人ではないのだ。

美依奈はたくさん話してくれた。最近の仕事とか、ボイトレの成果とか、将来の夢とか。俺が知り得ない話を教えてくれて、知らない世界を知るきっかけを彼女は与えてくれる。

信号待ちの間は、俺の腕をつねってきたりして悪戯《いたずら》な君。でもそれは、俺を一人にさせないためで、1時間半の間、彼女は一睡もせず俺の運転に付き合ってくれた。疲れているだろうに。

目的の地は、神奈川県の『菜の花台展望台』である。ここでゆっくり、星空でも見ようと思って。そんな洒落《しゃれ》たことを考えた自分に驚きしかない。

10台程度しか車は停《と》められなかったが、平日ということもあって2台しかなかった。山の上まで登ってきたせいか、風は地上よりも冷たかった。

「長袖着てきて良かったね」

「うん。なんとなく、そんな気がしたの」

「う……。読まれてたか」

「えへへ」

そんな会話をしながら、展望台を上っていく。人が居るかもしれないから、と彼女はマスクだけしている。情けない話だが、完全に体力が落ちていて、上り切った頃には少し息が上がっていた。タバコ止《や》めるべきかなこれは。

「わぁ、綺麗」

美依奈は、手すりの方に向かいながら小さく口にする。

夜空なんかより、君の方が綺麗だよ。なんてクサいセリフは言えなかった。恥ずかしくなって。風は吹くけれど、流れるのは彼女の髪だけ。ワンピースやスカートの印象が強かったけど、どちらの君も好きだった。

展望台には反対側に別のカップルが2組居た程度で、全然気が抜けた。だから俺は彼女に近づきながら言葉を探る。

「なぁ、美依奈」

「んー？」

「最近変わったこととかない？」

すぐに返事は来なかった。一拍だけ置いて「何もないよ」と話すだけ。

そんなはずはない。今の美依奈は俺が知っている彼女じゃない。何を隠しているのだろう。何を考えているのだろう。あんなにもハッキリと分かっていた彼女の心は、靄《もや》が掛かったみたいに見えない。

隣に立って、星空に照らされる彼女の横顔を見る。悩み事なんて何もないんじゃないかってぐらい、綺麗な顔をしている。見ているだけで心臓が高鳴って高鳴って。

「下の方には誰も居ないみたい。降りてみるね」

「……美依奈？」

今さっき上ったばかりなのに？　そう言う前に彼女は階段を下りていく。

俺のことを避けているみたいだった。大声で呼び止めるわけにもいかず、仕方なく後に続いて階段を駆け下りる。下りきったその先に、彼女は背中を向けて立っていた。

一歩近づく。オーラとかが見えるわけじゃないけど、小さく肩を揺らす君がとてつもなく愛おしく思えて、ただ、もう一歩だけ前に出るしか出来なかった。

☆　★　☆　★

いつでも、村雨華の言葉が頭をよぎる。

ケンカしたわけじゃない。むしろ彼女の方から謝ってすらくれたし、私がこれ以上言うことはない――。けれど、華ちゃんは最後に挑戦状を叩《たた》きつけた。

『美依奈さんのデビュー曲が売れたら、私は辞めない』

そんなの、自分勝手だよ。本音を言ってしまえばそうなる。

でもこれは、村雨華の期待でもあった。私のことを尊敬してくれているが故の期待。まだまだ背中を見せてくれ、という彼女の淡い願いでもある。

これを重いと捉えるのは、やっぱりいけないのだろうか。私って、そんなにすごくないのに。自分一人のことで精一杯だったのに、どうしてこんなにも上手《うま》くいかないのだろう。

夏菜子さんにも相談できなかった。曲作りですごく忙しそうだし、こんなことで時間を取らせたくない。なにより――彼には何も言えなかった。

吾朗さんのことだから、私が愚痴を言うとずっと聞いてくれる。私が眠るまで電話に付き合ってくれる。今までもそうだったように、変わらず。だけど、いつまでもそうじゃいけないの。

私だって、強くならなきゃ。彼に頼らなくても、自分で消化できるようにならないといけない。頼ってばっかりじゃダメなの……。

「最近変わったこととかない？」

でも、彼は全てお見通しだった。私が悩んでいることも、空元気を貫き通していることも、全部分かってる。その上で、急にデートのお誘いをしてきたことも。

「何もないよ」

嘘《うそ》。嘘だよ。本当はたくさんあるの。

あなたが村雨華を諭してくれたことも知ってるし、そのおかげで関係性が少しマシになったことも言えてない。本当は真っ先にお礼をしないといけないのに、盗み聞きした罪悪感がそれを邪魔する。

こらえていたのに、涙があふれそうになった。だから咄嗟《とっさ》に階段を下りて、彼からワザと距離を取る。でも、あなたは追いかけてくるよね。分かってる。だってあなたは、誰よりも私のことを見てくれているから。

「ばか」

そう言ったのは彼だった。私の右隣に立って、優しく肩を抱いてくれた。

彼の手のひらは大きかった。何度も握手してきたけど、こんなにも温かいモノだとは思わなかった。

「君が意地っ張りだってこと、忘れてたよ」

熱が伝わってくる。じんわりと、私の心を侵食していく。

「言わなくて良い。でも、我慢はしないで良いから」

冷たい夏の風は、彼の背中に当たって消えていく。

少しも寒くない。優しさが全身に流れ込んできて、視界が潤う。

ダメだった。一度崩れた堤防は、中々元には戻せない。彼の胸に顔を埋《うず》めて、声を出して泣いた。

泣いた。とにかく涙が涸《か》れ果てるまで泣いた。タバコの匂いがする彼の胸で、自らの感情《なみだ》に溺れていく。

彼のシャツが、私の涙で濡れている。

「大丈夫。大丈夫」

何に対して私は泣いているのだろう。この涙は、何が嫌だったのだろう。

考えたところで、分かることはない。ただ、私が抱いていた不安の全てであることは確かで、彼の優しさは、私の心臓に直接流れ込む。

どれだけ泣いていたのか、自分では全く分からなかった。ぐしゃぐしゃな顔を上げると、彼は私の頭をそっとなでる。

涙は止まって、意識が彼だけに向かう。瞳に吸い込まれる。彼の全てが、今はただ、ただ愛《いと》しくて。

ねぇあなた。私は強くなれるかしら。弱いままでも、たくさん愛してくれるかな。

分からないなら、それでも良いから。だから今だけはずっと――私の愛に溺れてほしい。

やがて、瞼《まぶた》を閉じて、星屑《ほしくず》たちに思いを投げる。

つま先立ちであなたに近づく。唇から流れ込んでくる愛情。誰かに見られてるかな。でもね。これは違うの。

ただ、あなた越しに見える夜空を見上げているだけ。

たった、それだけだから。

On Stage

藍色、それは恋心

OSHI ni
NETSUAI GIWAKU
detakara
kaisya yasunda

　息が詰まりそうだ。気圧《けお》されて、喉がギュッと締まる。私から全ての感情を押さえつけているみたいに、合わせて筋肉も硬直していく感覚がした。

長かったようで、あっという間だった。サクラロマンスを辞めてから、彼と出会って、友達になって、そして——私にとって一番大切な人になった。独りぼっちになったと思ったのに、隣にはずっと彼が居てくれた。

　藍色のスカートが震えているように見えた。戦いに出る前の戦士のように、体温が上がっていく。たった一人で舞台に上がるのは、私が思っていたよりもずっとずっと心細い。階段を上がれば、そこは光の世界。私があの日、捨ててしまったはずの、煌《きら》びやかな世界。

　ふーっ、と息を吐《つ》いて、胸に手を当てる。ドクドクと鳴っていて、駆け上がるのを拒否しているみたい。

ううん。本当は、全然煌びやかでもない。サクラロマンス時代の方が派手で、歓声もあって、桃色のペンライトが揺れていた。

それでも、今の方が煌びやかに見えるのは、私の心の変化を意味する。5人の時よりも、一人の今が良い。たとえ観客数が少なくても、私が目指したこの姿を、応援してくれる人が居るのなら十分だから。

この歌は、そんなあなたたちへの恩返し。私の想《おも》いを汲《く》んでくれたあの人に感謝しないと。

もう一度、小さく息を吐く。階段に足を乗せると、心臓の鼓動が一層早まった気がした。

マスターと夏菜子《かなこ》さんったら。私の幸せを妬《ねた》むような失恋ソングをデビュー曲にするなんて。随分と意地悪なことをする。でも、すごく良い歌になった。彼は、少し悲しそうにしていたけど、大丈夫。私はあなたの隣に居るのが好きなんだから。

みんな、喜んでくれるかな。彼は——可愛《かわい》かったよって、褒めてくれるかな。

届け。ずっとずっと、先の未来まで。

いつも　ほころぶ　横顔
風の街に　よく似合うわ
うっすら澄んだ　夕焼けは
あなたの心にどう映るの？

私よりも少し早く歩くクセ
置いていかないで　なんて
素直に言えたら　待ってくれた？
時折見せるあなたの優しさ
私にとっては誤魔化《ごまか》しなのよ

痒《かゆ》いところに届かない
愛の言葉はいらないの
だから　お願い　お願い
眠れぬ私をなぐさめて
いいえ　来ないわ　夕顔

もう私の隣に居ないから
記憶の中に消えたから
それでも　ただ　うるさいの
心に居座るあなたの匂いが

思い出の路面電車から
眺める二人の景色は青い
愛なんて知らなかったね
今では少し切なく思うわ

痒いところに届かない
愛の言葉はいらないの
だから　お願い　お願い
嘘でもいいから　笑ってよ

こんな私をあなたは笑うかな
知らない誰かに伸ばした手を

私に向けてはくれないのね
雨に濡《ぬ》れた感情はワガママで
痒い心に届かない
愛の言葉はいらないの
窓越しの　虚《うつ》ろな瞳に
あなたを忘れてあげる
なんて強がりは　言えないわ

あとがき

約半年ぶりになります。相変わらず不思議な感覚です。

改めて1巻のお礼を。お手に取っていただき、ありがとうございました。カクヨム上で公開している話が中心だったにもかかわらず、たくさんの方に読んでいただけて本当に嬉《うれ》しかったです。

それで言うと、本巻は「挑戦」でした。カクヨムというベースがあった前巻と比べても書き下ろしの割合が多く、「これが売り物として成立するのか」と頭を抱えることもありました。編集担当のK様や校正担当者様には、今回もずいぶんと助けていただきました。本当にありがとうございました。

でも考えてみれば、私の脳内を文章化しているだけなので他人に「理解して」という方が難しい話かもしれません。理解の押し付けは絶対にしたくない質《タチ》ですが、たくさんご感想をいただけて嬉しかったです。創作とは奥が深い。

書籍化されてペンネームの由来を聞かれる機会が増えました。端的に言うと、ヒトの名前っぽく見える名前にしたかったんです。「大和撫子《やまとなでしこ》」という熟語をモジッて「ヤマト」と語感が似ている「カネコ」を当てただけ。

……というのは表向きな理由です。本当は某大人気キャンプ漫画・アニメの某主人公が好きすぎて「彼女と一緒の名前になりたい」とメンタルを拗《こじ》らせただけです。思い返せば気持ち悪いなと自分でも思います。なでしこ最高。

今後については私も分かりません。皆様に愛していただけたら、続刊だったり別コンテンツへの進出もあるかもしれません。一方で、本巻で終わってしまうかもしれませんが、どんな形になろうと皆様に読んでいただけた事実は残ります。これは私にとっても大きな一歩で、キャラクターたちにとってもそうです。最初はイラストもなにもないところから生まれましたが、天城《あまぎ》しの先生に形作っていただけて、本当に光栄です。

たくさんの「愛」を受けて形になった本作は、私の誇りです。関わってくださったすべての皆様に感謝を。そして、また会いましょう。できたら「推し愛」の中で。

カネコ　撫子《なでしこ》

推《お》しに熱愛《ねつあい》疑惑《ぎわく》出《で》たから会社《かいしや》休《やす》んだ２

著　カネコ撫子《なでしこ》

角川スニーカー文庫　23643

2023年５月１日　初版発行

発行者　山下直久

発　行　株式会社KADOKAWA
〒102-8177 東京都千代田区富士見2-13-3
電話　0570-002-301（ナビダイヤル）

印刷所　株式会社暁印刷
製本所　本間製本株式会社

Printed in Japan　ISBN 978-4-04-113644-7　C0193

★ご意見、ご感想をお送りください★

〒102-8177 東京都千代田区富士見 2-13-3
株式会社KADOKAWA　角川スニーカー文庫編集部気付
「カネコ撫子」先生
「天城しの」先生

角川文庫発刊に際して

角川源義

第二次世界大戦の敗北は、軍事力の敗北であった以上に、私たちの若い文化力の敗退であった。私たちの文化が戦争に対して如何に無力であり、単なるあだ花に過ぎなかったかを、私たちは身を以て体験し痛感した。西洋近代文化の摂取にとって、明治以後八十年の歳月は決して短かすぎたとは言えない。にもかかわらず、近代文化の伝統を確立し、自由な批判と柔軟な良識に富む文化層として自らを形成することに私たちは失敗して来た。そしてこれは、各層への文化の普及滲透を任務とする出版人の責任でもあった。

一九四五年以来、私たちは再び振出しに戻り、第一歩から踏み出すことを余儀なくされた。これは大きな不幸ではあるが、反面、これまでの混沌・未熟・歪曲の中にあった我が国の文化に秩序と確たる基礎を齎らすためには絶好の機会でもある。角川書店は、このような祖国の文化的危機にあたり、微力をも顧みず再建の礎石たるべき抱負と決意とをもって出発したが、ここに創立以来の念願を果すべく角川文庫を発刊する。これまで刊行されたあらゆる全集叢書文庫類の長所と短所とを検討し、古今東西の不朽の典籍を、良心的編集のもとに、廉価に、そして書架にふさわしい美本として、多くのひとびとに提供しようとする。しかし私たちは徒らに百科全書的な知識のジレッタントを作ることを目的とせず、あくまで祖国の文化に秩序と再建への道を示し、この文庫を角川書店の栄ある事業として、今後永久に継続発展せしめ、学芸と教養との殿堂として大成せんことを期したい。多くの読書子の愛情ある忠言と支持とによって、この希望と抱負とを完遂せしめられんことを願う。

一九四九年五月三日

CONNECT
Reunited
with my former lover on
a dating app
マッチングアプリで
元恋人と再会した。
ナナシまる
ILLUST
秋乃える
シリーズ続々重版中!!
アプリが告げる運命の相手は、
疎遠になっていた元カノ!?
友だちの勧めで始めたマッチングアプリ。【相性98%】運命の人との初対面――しかしその相手は元カノ・高宮光だった! 同じ大学の美少女・初音心ともマッチし……未練と新しい恋、どっちに進めばいいんだ!?
スニーカー文庫